― 書き下ろし長編官能小説 ―

全裸村へようこそ

北條拓人

竹書房ラブロマン文庫

目次

この作品は、竹書房ラブロマン文庫のために
書き下ろされたものです。

序章

「ようこそって割に、ずいぶん大仰《おおぎょう》だなあ。入村ゲートだなんて……。どっかの国境とかで見かける入国管理所とか税関とかみたいだ……」

フェリー桟橋《さんばし》から続く道は、一本道にもかかわらず、ご丁寧《ていねい》に〝入村ゲート〟と記した看板が掲《かか》げられている。ムダな経費の象徴のようだ。

その道の突き当りに、鉄筋コンクリートの三階建てのビルがあり、屋上から垂《た》れ下がる白地の幟《のぼり》に『ようこそ戸問《とい》村へ』の文字が躍っていた。

厳重なゲートを設けておきながら「ようこそ」と謳《うた》う神経に、田舎《いなか》臭さが感じられ、島村大河《しまむらたいが》はなんとなくげんなりする気分になった。

ただでさえ気乗りのしないこの一人旅に、余計に水を差されたような気がしたのだ。

年末の商店街の福引で大当たりした温泉宿の宿泊券を大河は、夏になる今ごろまで使いあぐねていた。この春、社会人となったばかりで、なかなか休暇を取ることもできず、ようやく休みをとれたのがこの暑い盛りだったのだ。

暑いのが苦手である上に、真夏に温泉などと、気乗りしないにもほどがある。だからといって、せっかくの夏休みにさしたる計画もなく、散々迷ったあげくにその宿泊券を使う気になったのだ。

「にしてもさあ、まさかここまで丸一日近くかかるなんて……」

宿泊の予約の際に、村へのアクセスなどは聞いていたものの、ここまで便の悪い場所だとは想像もしていなかった。

それもまた大河の気分を損《そこ》ねている理由の一つでもある。

夕方に家を出て、夜行バスで連絡船の出ている街まで向かい、さらにそこから船で半日かかる旅程。陸の孤島と呼ばれる戸問村は、三方を山に囲まれている上に、昨年の台風の際に唯一村に通じる道が崖崩れで封鎖され、以降、日に二便しかない船で回り込む以外、訪れる術《すべ》がないと聞かされたのだ。

いつもの大河であれば途端に面倒になり、取りやめにしてしまったであろうが、社会人一年生としてあくせくしていたせいもあり、ふと現実から逃げ出すには丁度よいと思ったのだ。いまにして思うとそれも気の迷いであったのかもしれないが。

これで彼女でもいれば長旅も愉《たの》しかろうが、生憎《あいにく》そんな相手もなく、ただ海を眺めるばかりの時間を過ごし、ようやくここに辿《たど》り着いた。

「でもまあ、来ちゃったものは仕方ないじゃん。楽しめるだけ楽しもう……」

旅の解放感もあってか、大河にしては珍しく、すぐに気持ちを切り替え、物珍し気にあたりを見まわしながらそのビルに向かった。

ガラスの自動ドアを潜《くぐ》り抜けると、すぐそこには自動券売機が並んでいる。

フェリーのチケットの自販機に並び入村チケット用の自販機が設置されていた。

「入村料二千五百円って、村に入るのにもお金を取られるの？」

どことなく遊園地や観光施設にでも入るような雰囲気の券売機に、やむなく大河はスマホをかざし電子マネーで支払いを済ませ、発行されたチケットを手に窓口に向かった。

「戸問村へようこそ……」

銀行を思わせる入村窓口。そこに座る女性の美しさに大河は、思わずハッとした。

都会でもめったにお目にかかれないような美女が、そこに座っていたのだ。

「はい。では簡単な入村手続きをさせていただきます。まずはスマホをここにかざしていただけますか？」

いまやスマホは身分証明や、さまざまな免許証などの代わりを担《にな》っている。

個人情報が流出する危険性は否《いな》めないものの、面倒な書類を書かされたりする必要がなく、その利便性はリスクを遥《はる》かに上回る。

「島村大河さま。村には四日間の滞在予定ですね。宿泊先はホテル恵田《けいだ》……」

恐らくモニターに大河の個人情報や入村目的などが表示されているのだろう。

「えーと、入村の申請はホテル側から出ていますね……」

入村の申請と聞いて戸惑ったが、どうやらそういったものがホテル側から事前に提出されていたらしい。

彼女は、その申請事項と大河のＩＤを照らし合わせ、最終チェックをしているに過ぎない。

スマホ認証や電子マネーなど、やたら最新システムが揃《そろ》っていることに驚くと同時に、まるで入国管理のような厳重さにも驚かされる。

けれど、その間は受付窓口の美女を見つめていられる大義名分が与えられているということで、大河としては文句はない。

こんな田舎にという意味では、やたらハイテクなシステムのことよりも、これほどの美人がこんな場所にとの驚きの方が大きい。

晩生《おくて》である一方、大河は無類のおんな好きでもある。シャイで人見知りであっても、人並み以上にスケベで、街を歩くとキョロキョロと自分好みの美女を探している。むっつりスケベと見られることもあれば、草食系と受け取られることもあるが、自分ではごく普通の男と思っている。

「では、戸問村での休暇をお楽しみください……」

事務的にチェックしていた美女が、そう言いながら顔をあげると、心持ちその顔が赤らんでいることに気づいた。

「滞在されるホテルへは、ゲートをくぐると、ロータリーが三差路《さんさろ》に分かれていますので真ん中の道を……。海沿いを行く道を十五分ほど歩くと見えてきます」

相変わらず頬《ほお》を紅潮させたままの彼女に、大河は少し戸惑いながらも「ありがとう」と礼を言い、窓口を後にした。

元来た入り口とは反対の方角にあるゲートが、スーッと開いていく。

大河は、そのゲートをくぐり、教えられた方向に歩《ほ》を進めた。

ビルの照明より数段明るい夏の日差しに、思わず額に掌《てのひら》を掲げる。

途端に、海風が心地よく頬を撫でた。

「うわああっ。なんか気持ちのいいところだなあ。それに、聞くと見るとでは大違いだ！」

真夏に温泉など、どこか季節はずれに感じられ、まるで気乗りしなかったが、実際に着いてみると素晴らしい場所であるとすぐに感じた。

三方を急峻《きゅうしゅん》な山に囲まれた風景は、やけに圧迫感を覚える反面、コバルトブルーの海や真っ白い砂浜、そこらに生える棕櫚《しゅろ》やソテツの樹々たちが異国情緒を漂《ただよ》わせている。

山を背にした建物も、見慣れた日本の家屋とはどことなく違っていた。むろん和の雰囲気も感じさせるものの洋風の匂いも漂い、いい感じに和洋折衷《せっちゅう》の建物が並んでいる。

建物の数はそう多くはないが、白壁と黒い木枠の窓に統一されていて、実に美しい調和がとれている。

どれも歴史を感じさせる建物ばかりでありながら、カフェやレストラン、ブティックやお土産物屋《みやげ》といった店舗らしく、女性ウケするようなおしゃれな雰囲気が辺りの景色と調和して魅力的だ。

事実、カフェのオープンテラスでは、数人の女性たちがジュースやアイスコーヒーなどのグラスを携《たずさ》えてくつろぎ、ブティックや土産物屋などでも若い女性がショッピングを愉しんでいる。

さすがに混雑とまではいかないが、交通の便が悪いわりに、あたりは賑《にぎ》やかだ。

「おおっ！　もしかしてアタリかも……」

若い大河が思わずそう口に漏《も》らすのもムリはない。

目にする女性たちが誰もみな極上の美女である上に、ナイスバディを惜《お》しげもなく晒《さら》して露出度《ろしゅつど》の高い水着に包み、普通に通りをそぞろ歩いているのだ。

中には、海外のビーチのようにトップレスの女性までいて、美味《おい》しそうなバストを露《あら》わに砂浜に寝そべっている。

「うわぁっ！　ウソでしょ……？」

はじめこそ眼のやり場にも困っていた大河だったが、あまりにもそういった美女ばかりであることに、そのうちに慣れてきて、眼の保養をしながらホテルを目指して教えられた道を歩いていく。

「にしても、ここって本当に日本なの？　っていうか極楽とか天国とかってこんな感じかな……」

すれ違う女性のぷるんぷるんと上下に揺れる乳房に目を奪われながら、かつて見た似たような光景を思い出した。

短い期間ながら大河には、ドイツへの留学経験がある。

そこで悪友と出かけたＦＫＫなる施設にそっくりなのだ。

そこはいわゆるヌーディストビーチであり、生まれたままのありのままの全裸でスポーツ、日光浴や海水浴を楽しもうとする場所だった。

しかも、そこが特殊なのかと言えば、実はドイツでは割と当たり前に見られる風景であるらしく、他国から来た観光客から好奇の目で見られるのがいやであるがために別に仕切られた施設として発展してきた経緯があるらしいのだ。

それとは別に、同じＦＫＫと呼ばれる施設でも、風俗営業を目的とした場所もあり、そこでは酒池肉林の体験ができる。

何となく大河には、ここのビーチとそのＦＫＫの光景がオーバーラップしていた。

思えば入場料ならぬ入村料を支払う制度は、風俗店としてのＦＫＫとまるで同じ。ヌードの女性がそこら中にいて、そこから自分の好みの女性を選べるし、入場料さえ払えばドリンク飲み放題でずっとそこにいられるのだから、いまの状況とそっくりではないか。

実際、いまも大河に手を振って色目を使う女性さえいるのだ。

いまにも、ほいほいと女性について行ってしまいそうになるのを堪《こら》え、まずはホテルにチェックインしようと、大河は鼻の下を伸ばしながらも道を行く。

「ああ、きっとあの建物だな……」

落ち着きなくキョロキョロと目の保養ばかりして歩いてきたため、結局、三十分ほどもかかり、ようやく目的の宿らしき建物が見えてきた。

足を休め、滴《したた》り落ちる汗を手で拭《ぬぐ》いながら、そちらの方角をぼうっと見る。

まだ少し距離はあるが、道はまっすぐに続いている上に、そこから先は山へと向かっているように見える。

途中、案内看板を見かけたから間違ってはいないはず。

里山《さとやま》を背にした建物の反対側にも砂浜が広がっているが、そこには人影はない。

どうやら目的のホテルは、村の一番はずれに位置するらしい。

「どこかで水でも買えばよかった……」

いくら照りつける太陽を睨《にら》みつけても、日差しは弱まらない。

なんとなく視界がぼやけてきたのは、もしかすると熱中症かもしれない。

「ねえ。きみぃ……。ほら、これを」

やむなく再び歩き出そうとした大河の背中から、ふいに呼び止める声がした。振り向いた大河は思わず「あっ！」と声を上げたほど。

いつの間にか背後に近づいてきたその女性の驚くほどの美しさ。

透き通るような肌と日本人離れした八頭身、明るい色に染められた髪に、印象的な瞳、そして、どこよりも目を惹《ひ》く大きなバスト。

年齢は大河よりも少し上くらいかと思われるが、彼女が漂わせる大人の雰囲気からもしかすると三十路《みそじ》に近いのかもしれない。

凛とした空気というかオーラのようなものを纏《まと》い、ある種颯爽《さっそう》としている。

それでいて顔立ちは甘く可愛らしい上に、相当にレベルの高い美人なのだ。

そんな彼女が、大河に水の入ったボトルを差し出してくれている。

「えっ。あっ、僕に？　ど、どうも……」

遠慮する余裕もなく、差し出されたボトルを受け取ってしまった。

それほど大河は動揺している。美しさに圧倒されていることもあったが、何よりも彼女は、トップレスだったのだ。

強い日差しを受けこんがり小麦色にやけた素肌の健康的な美しさ。

身長が高く、スレンダーである割に推定Eカップと思《おぼ》しき豊満なバスト。

どうしたらこんなすごいカラダが生まれるのだろうと思うくらいのパーフェクトな女体が、何の惜しげもなく晒されている。それでいて、まるで雑誌のグラビアか何かのようにカッコよく様《さま》になり、美しいと感じさせるばかりだ。

バストトップを露わにしていても、いささかも恥じらうところがなく堂々としているから卑猥《ひわい》な感じがまるでなく、さらにその美しさを際立《きわだ》たせている。

(す、すっごいおっぱい！　痩《や》せていて、あのおっぱいはすごいかも……！)

ごくりと生唾《なまつば》を呑《の》む大河に、愛らしい美貌《びぼう》がニコリと微笑《ほほえ》む。

いきなり心臓を鷲掴《わしづか》みにされる想いに、息苦しささえ覚えた。

「ほらぁ、お水、呑んで……。いっぱい汗をかいているみたいだから、熱中症になっちゃうよ……。なんだかふらふらとしていたし、大丈夫かなって……」

やさしい声に促《うなが》されても、まるで蛇に睨まれた蛙のように動くことができない。

「もうしょうがないなあ……」

フリーズ状態の大河に、彼女はくすりと笑ったかと思うと、大河の手中のボトルをしなやかに攫《さら》ってゆく。

再び手にしたそのボトルのキャップを開くと、彼女は水を口に含《ふく》み、ふっくらとした唇を少しツンと尖らせて大河との距離を詰めた。

首筋に彼女の腕がしなやかに巻き付くと、美貌がさらに急接近した。

呆然《ぼうぜん》としながらも、何をされるか予測のついた大河。まるで思春期の頃に戻ったように心臓がバクバクいっている。

甘い体臭が鼻腔をくすぐるや否や、むにゅりとやわらかな物体が大河の唇を覆《おお》った。

「んふっ……」

美女の意図《いと》は察知していたつもりだが、まさか本当に口移ししてくれるとは。慌てて口を開くと、愛らしい小鼻から息を漏らしながらも、大河の口の中に水を流し込んでくれる。

「んぐん……ぅう……ぐびり……」

思いのほか流し込まれる水の量は多く、その分だけ口づけも長い。

胸板に当たる乳房のフカフカした感触が、Tシャツ越しでも気色いい。

ゴムまりともマシュマロともつかぬ物体が、パンと張り詰めていながら、どこまでもやわらかくしなだれかかるようで、大河を夢見心地にさせていく。

首筋に回された腕のすべすべ感も彼女が美肌の持ち主であると存分に伝えてくれる。

しかも、コクコクと喉奥《のどおく》に流し込まれる水の甘露《かんろ》なこと。軽く甘みの付いた水を呑まされているのかと思ったほどだ。

(すごいっ！　何もかもが甘々だっ。超ヤバいっ！　ヤバすぎるぅ～～っ！)

口づけしているだけなのに、射精しそうなまでに興奮している。彼女の唇は、どこまでも官能的で、触れたが最後とても離れられないと思えるほどの極上品だ。

どこで息継《いきつ》ぎすればよいかも判らなくなり、息苦しくなるほどだった。

しかも、その美女は、口に含んだ水を全て流し終えても、キスを切り上げようとはせずに、積極的に大河の後頭部に手を回したまま、何度となく音を立てて唇を求めてくる。

「むふん、うふぅ……。んむぅ、ほふぅ……」

ようやく訪れた彼女の息継ぎに合わせ、大河も空になった肺に酸素を送った。

(ああ、こんなに積極的にキスされるなんて……！)

まるでキスのお手本を見せつけるように、時に大河の唇を舐《な》め、時に朱唇をべったりと押し付けて、自らそのやわらかさや甘さを味わわせてくれている。

「どうかしら、喉はもう潤《うるお》った？」

息継ぎの合間にそう聞かれ、とっさに大河は首を左右に振った。

もっと彼女と口づけしたい欲求に駆られたからだ。

「うふふ。だったらもっと味わわせてあげる……」

言いながら美女は再び水を口腔に含み、朱唇を重ねてくる。しかも、水を口移しした後には、べーっと舌を伸ばし大河の口腔に侵入させてくるのだ。

夢中で大河も口腔を大きくくつろげ、ふっくらした彼女の朱舌を招き入れる。

ねっとりと甘い舌に唇の裏側や歯茎、歯の裏側まで舐め取られる。たまらず大河も舌を伸ばし、侵入してきた美女の舌に絡《から》みつけた。

「ん……はむん……ちゅちゅっ……んっ……レロレロンっ」

微熱《びねつ》を帯びた濡唇のぬめり。甘い涎《よだれ》が流し込まれ、口中に若い牝《めす》の味が広まる。その悦《よろこ》びに大河は声にならない喜悦《きえつ》をに身を震わせる。

「んんっ……ふむん……ほふううぅっ……んむん…ぶちゅるるるっ」

攻守を変えて舌を伸ばし美女の口腔内を目指す大河。小鼻を愛らしく膨《ふく》らませ息継ぎしながら美女は、朱唇をくつろげ口腔内に受け入れてくれる。

彼女の体温を感じ、濡れた舌の感触を味わい、白い歯列の静謐《せいひつ》な感触を愉しむ。

嬉々として美女の真似をして、彼女の口腔内を舐めまくるようにして舌を這わせる。するとし彼女も滑《ぬめ》り舌《じた》をまたしても積極的にねっとり絡み合わせてくれる。

(ぶわぁっ！　舌を絡み合わせるのがこんなにいいなんて！　や、やばい〜〜っ！)

晩生な大河ではあるものの、さすがに初体験は済ませている。必然的に、ディープキスも初めてではなかったが、これほどまでにキスを官能的と感じたことはない。

舌腹と舌腹を擦《こす》り合わせ、互いの存在を確かめるように絡み付ける。

キスの悦びが背筋を這いあがり、ぞくぞくする震えとなって幾度も全身を駆け抜けていく。

やわらかな女体の存在感と心地よい弾力の乳房の感触が脳髄を痺《しび》れさせている。

すっかり前後の見境を失った大河は、密着した上半身の間に自らの手指を挟み、前に突き出した美女の乳房を掌中に収めた。

湧き上がる激しい欲望に釣り合わぬ、おずおずとしたお触り。何ゆえに彼女が、こんなことをしてくれるのか、そもそも彼女が何者なのかも判らず、その疑問がその手を躊躇《ためら》わせている。

痴漢のように触れてしまえば、途端に不興を買って、このしあわせな口づけが終わってしまいそうで怖かったのだ。

そんな躊躇いがちなタッチにもかかわらず、掌性感はその驚くほどのやわらかさと心地よい弾力を余すことなく伝えてくれた。朱唇同様、美女の乳房は、触れたが最後、二度とそこから離れられなくさせるほどの魅力に溢《あふ》れているのだ。

「んんっ！」

触れられた美女の方は、恥ずかしげに鼻腔から声を漏らすものの、抗《あらが》おうとはしない。むしろ、大きく胸元を前に突き出し、挑発的に乳房を差し出してくれる。それでいて、その表情はどこまでも恥じらうようで、目元までぼーっと赤くさせていた。

その色っぽい表情に勇気づけられ、大河は手指にそっと力を込めた。

「んふぅっ……」

手指に撓《たわ》められたやわらかな物体は、自在にそのフォルムを変えていく。

(お、おっぱいって、こんなにやわらかかったか？　ヤバすぎだろう。手が気持ちよすぎて溶けてしまいそうだっ！)

今まで生きてきて、一番気持ちのいいものを触っていると、鋭敏な手指性感が訴えている。

魅惑的どころか悪魔的なふくらみ。そのやわらかさとハリと弾力に満ちた乳肌を余すことなく味わい、大河はますます頭の中をぼーっとさせていく。

彼女が身じろぎするたび、たわわなバストは違和感なく揺れていく。その自然な揺れ具合で、天然の生乳と認識していたが、触れてみるとさらにその極上肌の蕩《とろ》けるようなやわらかさが、造りものとは明らかに違い、凄まじい官能味と興奮をもたらしてくれる。

「んぷぅ……んっ、んふん……ほふぅ……むふん……」

小刻みに息継ぎしながら、さらに口づけは続いた。

たっぷりと十分以上は互いに唇を求めあい、舌を絡めあわせていただろう。

その間中、大河は彼女の乳房を弄《もてあそ》び、その蕩けんばかりの肌触りや揉《も》み心地を掌にしっかりと刻みつけた。

ようやく互いの唇が離れると、掠《かす》れた声で美女が囁いた。

「うふふ。とっても情熱的なのね。また、お水が飲みたくなったら声を掛けて……。今度はもっと甘いお水を飲ませてあげるから……」

そのまま離れようとする彼女に、大河はとっさにその名を訊《き》いた。

「僕、島村大河と言います。あなたは？」

「私は和香《わか》。宇佐美《うさみ》和香よ……」

美貌だけを振り向け、そう教えてくれた和香。そのままビーチの方に向かう媚尻《びじり》を、いつまでも大河は目で追った。

第一章　女体まみれの村

1

ふと気づくと大河は、目的のホテルの敷地に足を踏み入れていた。

美女からのあり得ないキスに、ぽーっと逆上《のぼ》せたままここまで歩いて来たらしい。

「おーっ、意外とおしゃれ……」

地上三階建ての洋風ホテルは、大河の予想と随分と異なっていた。

事前に〝ホテル恵田〟を検索してみても、どういう訳か何の情報も得られず、大河は少なからず不安を抱いていたのだ。

温泉宿であることは目録に記されていたものの、いまどきホームページすら開設していないホテルでは、時代遅れのぼろ宿を覚悟していた。

「もっと和風の旅館とかかなって思っていたけど、洋風のホテルなんだぁ……」

パッと見で思い浮かんだのは、古いロックのジャケット写真。ホテル・カリフォルニアであっただろうか。

確かに、それほど新しい建物ではないもののボロというほどの感じはしない。最悪、潰れかけの小汚い温泉宿を想像していただけに、いい意味で想定外であるようだ。

建物の中に足を踏み入れても、それほど古めかしい感じは受けない。

それほど大きな建物ではないが、ロビーの天井が吹き抜けになっている分、開放感がある。それでいて、きちんと空調が効いていて、外の暑さがウソのようだ。

ロビー中央には、三つの大皿を重ね置きしたような噴水が水を湛《たた》え、いかにもリゾートホテルらしい雰囲気が醸《かも》し出されている。

ゆったりとした時間が流れている上に、何よりも清潔感があって、いかにも居心地のよさそうなホテルなのだ。

「ここで間違いないよな……。入口の看板にもホテル恵田ってあったしな……」

どことなく、場末のラブホテルにありそうなその名前が、イメージ的に損をしているような気がする。

大河はロビーをキョロキョロと値踏みするように眺めながら、チェックインを済ませるためフロントへと向かった。

「いらっしゃいませ」

ホテルらしい制服を着込んだうら若き女性が、美しい笑顔で出迎えてくれる。

「予約の島村です。チェックインをお願いします」

ここまでの道のりで、徒然《つれづれ》に見て来た女性たちとは異なるタイプの美女ながら、フロントの彼女も美人であることに変わりはない。

しかも、惜しげもなく肢体を露わにした女性ばかりを目にしてきたせいか、一分の隙《すき》もなく制服を着こなし、姿勢正しく凛《りん》とした姿が、よりその美しさを好対照に際立《きわだ》たせている。

「かしこまりました……」

美しい所作《しよさ》で礼をすると、フロントの女性は細く長い指をキーボードの上で弾《はじ》かせてから、再びこちらに素敵な笑《え》みを向けてくれた。

「島村様。お待ちしておりました。本日より三泊のご予定で、ご予約を承っておりました。お部屋はエグゼクティブスイートをご用意させていただいております」

「スイートって、そんなにいい部屋を？　この宿泊券で間違いないですよね？」

スイートにもいろいろ種類はあるのだろうが、貧乏性が身についている大河だけに、スイートルームと聞いただけで腰が引けてしまう。

万が一にも、何かの間違いで差額など請求されてもたまらない。

慌ててバッグから宿泊券を取り出し、フロントの彼女に確認してもらった。

「当ホテルは全室スイートルームのみのご用意となっております。こちらの宿泊券は、エグゼクティブスイートをご利用いただくもので間違いありません。他にも、ここでお過ごしいただく間のお食事やマッサージなども、全て無料でご利用いただけます」

ロビーに足を踏み入れた瞬間から気づいていたことだが、紛《まぎ》れもなくここは高級リゾートホテルであるらしく、どうやら大河は、無自覚のまま大当たりを引いていたらしい。

（あぶなっ！　全部ムダにするところだった……。これだけの施設を全て無料でって、それもスイートで過ごせるなんて超贅沢《ちょうぜいたく》じゃん！）

あれほど気乗りしていなかった旅も、思わぬ幸運続きに、どんどん大河のテンションを上げていく。

しかも、なぜか、さらなる幸運が舞い降りそうな予感さえしている。

「こちらの宿泊カードにお名前とご住所をご記入ください」

大河が記名している間に、フロントの彼女はテキパキとルームキーを用意し、ベルをチンと鳴らしてベルスタッフを呼び寄せる。

「後ほどお部屋にコンシェルジュを伺わせますので、お食事やその他のサービスの件についてご相談ください」

大河がカードを書き終えるタイミングを見計らい、呼び寄せたベルスタッフにルームキーを手渡した。

「あ、ありがとうございます」

まごつく大河の手荷物をすっとベルスタッフが持ち上げる。

流れるようなサービスに、改めてホテルの格式が伝わった。

「島村様。こちらへどうぞ」

引き継いだベルスタッフもまた女性であり、当たり前のように美人だった。

(あちゃぁ……。ここのホテルって美人しか採用していないのかなぁ……。フロントの彼女に負けず劣らずこちらもきれいだ……)

さほど大きくはない大河の荷物を片手に掲《かか》げ、姿勢よく歩きはじめる彼女。パッと見に軍服にも似た白い制服は、縦に二列五つずつの金ボタンが整列した詰襟《つめえり》。腰高にブルーのパンツをスマートに穿《は》きこなしたベルガールの後を、大河は慌てて追った。

ホテル・カリフォルニアは二階建てだった記憶だが、こちらは地上三階建て。その最上階まで、エレベーターで上がると、右側に折れて直《す》ぐのドアの前にベルガールの彼女は立った。

「こちらエグゼクティブスイート。三〇一のお部屋でございます」

恭《うやうや》しく大河に頭を下げてから、再び扉に向かいルームキーで解錠する。

すっと身体を扉の前から避け、先に大河に入室するよう促すと、流れるような身のこなしで彼女も後からついてくる。

「おおっ！　広い部屋。こんなにいい部屋を独り占めするのはもったいないなぁ」

優に一〇〇㎡以上ありそうな部屋は、シャワーブース、ウォークインクローゼット、ドレッサールームなどがバランスよく配置されている。

大きな窓の向こうには、溢れるほど豊かに輝く海の絶景が広がり、落ちついた雰囲気のインテリアに囲まれたリビングルームと、キングサイズの天蓋《てんがい》付きベッドが置かれたベッドルームが、心と体をリフレッシュさせる究極のリラクゼーション空間となっている。

応接セットばかりではなく、六人掛けのダイニングテーブルまで設置されているにもかかわらず、十分以上に広さを感じさせる豪華な部屋に、ただただ大河は目を見張るばかり。

大河が借りているアパートよりも格段に広くゴージャスなのだ。

このホテルには、ロイヤルスイートと呼ばれるさらに上のランクの部屋があるらしい。いずれにしろ、間違いなくこの四日間の滞在費用の方が、アパートのひと月分の家賃よりも高いだろうと想像がつく。

「お荷物はこちらでよろしいでしょうか？」

木製の大きなバゲージラックを掌で指し同意を求めてくる。

「あ、ありがとうございます。そこで結構です」

慌てて返事をする大河に、ベルスタッフの彼女はやさしく微笑み返してくれる。

「私はこれで……。間もなくコンシェルジュがこちらにお伺いすると思います。ご用件がありましたらコンシェルジュにお申し付けください」

こんな時、チップを渡すべきなのかと迷っているうちに、彼女は行儀よく頭を下げ、部屋を出て行ってしまった。

間もなく部屋のインタトフォンが鳴り、コンシェルジュの来訪を告げる。

扉を開けると、これまた飛び切りの制服美女が恭しく頭を下げた。

「当ホテルのコンシェルジュを務《つと》めます沢崎由乃《さわざきよしの》です。はじめまして。今から少しお時間を頂戴《ちょうだい》してもよろしいでしょうか？」

丁寧に伺いを立ててくる彼女を大河は、こんな時どうすればよいのかと迷いながらも部屋に招き入れた。

2

「えーと。なんでしたっけ……。あぁ、今日の夕食でしたね。お薦《すす》めとかってありますか？」

美貌のコンシェルジュ沢崎由乃は、大河にここでの過ごし方をレクチャーしてくれている。

大河が気詰まりになるからと、ソファに対座して様々な案内や提案を受けていた。

このホテルの案内であったり、お薦めの夕食とか、朝食はルームサービスを利用できることであったりとか、ごくありきたりな説明を受けた。

旅館であれば、仲居《なかい》さんの仕事に似ているように思われる。

年齢的にそれほど大河と違いのなさそうな彼女であるものの、その落ち着いた仕事振りから、大河より年上であるようだ。

ただでさえ社会人一年生のしがないサラリーマンの大河だけに、分不相応と思われるサービスを受けることにどこか気詰まりを感じていた。

高級ホテルなどとは無縁であるだけに、どうにも尻の座りが悪い。

けれど、もしかするとこの先、こんな経験をするのは最初で最後かもしれないのだし、せっかくなのだから、できうる限り満喫しようと腹を決めている。

そのためにもコンシェルジュである由乃の協力は必要不可欠であるに違いない。

そもそも大河は、コンシェルジュの役割がどういうものなのかよく判っていない。

本来は、ロビーの一角にデスクを構え、客のあらゆるリクエストを聞き、その内容に応える接客のプロフェッショナルがコンシェルジュなのだ。

ホテルの案内にはじまり、「町のオススメのレストランを教えてほしい」、「観光名所の情報が欲しい」あるいは「具合が悪いので薬が欲しい」、「航空券の手配をしてほしい」といったことにも対応する。

客からの要望に対し、どのような場面においても「NO」と言わないのがコンシェルジュの矜持《きょうじ》である。

万が一実現できないリクエストにも、代替案を提案するなどして、常に最善を尽くすことがホテルのコンシェルジュには求められるのだ。

例えそれがコンシェルジュの仕事の一つに過ぎないとしても、タブレットを掲げながら、大河の希望を親身に聞き入れてくれる彼女に好感を持たずにいられない。

それほど由乃は美しかった。

先ほどのフロントの彼女も、ベルスタッフの彼女も、それぞれに美しい女性たちであったが、目の前の由乃はもう一段上のレベルにあるように思われる。

それは彼女が纏う気品のようなものが、そう感じさせるのかも知れない。

薄化粧がいかにも似合う日本的な顔立ちは、凛としてどこかクールにも見える。

洋装の服よりもむしろ和服の若女将《わかおかみ》のような装《よそお》いの方が、より彼女には似合うのではないだろうか。

切れ長の目は、くっきりとした二重瞼《ふたえまぶた》が印象的。左右の目が少し離れ気味なところが、女性らしい甘さを感じさせている。

眉はやや濃い目で、その意志の強さや知的な印象を高めている。

鼻は決して高い方ではないが、鼻梁《びりょう》はまっすぐに美しい。

薄《う》っすらと紅《べに》を引いた唇は、ぽってりと官能的な肉花びらで、いざ微笑むと可憐に花を咲かせたような華《はな》やかさがある。

やや下膨《しもぶく》れ気味の頬ながら、顎がほっそりしていて卵型のやさしい顔立ちをしている。

それら全てが微妙な配列で美を競いながら日本的な印象を強めていた。

由乃が掲げるタブレットに集中できないのも、その美貌にポーッと見とれてしまうからだ。

夕食を決めあぐねている風を装いながら、その実、何も考えていない。

「でしたら、この辺りの新鮮な海鮮を味わえるうえに、地元の和牛ステーキも召し上がっていただけるこちらのプランは如何《いかが》でしょうか？」

とりあえず今夜の食事は、由乃のお薦めの会席膳を予約してもらい、朝食はルームサービスの洋食を、お願いすることに決めた。

「あと私の方からは、ここでお過ごしになられる心構えといいますか……」

そう前振りした後に、由乃は一瞬の間をおいて、再び口を開いた。

「島村様には、この村で過ごす四日間、ここの王様として過ごす権利があるのですが……」

すっと美貌を持ち上げ、大河の表情を窺い見る由乃の瞳が、一瞬妖しく光った気がした。

「あはは。王様気分でってことですよね？　もちろん贅沢にゆったりと過ごさせてもらいますよ」

王様のようにとは、いささか使い古した言い回しながら、それだけ羽を伸ばして過ごしてくださいと言ってくれているのだろう。

「いえ。そういう比喩《ひゆ》的な意味ではなく、文字通りといいますか……」

否定する由乃の美貌は、心持ち紅潮している。困ったような表情が、クールビューティの印象を薄め、愛らしい等身大の彼女を感じさせた。同時に、そこはかとなく色気も感じさせている。

まずはその整いすぎた超絶美貌に目を惹かれるものの、その女体も小柄ながらボン、キュッ、ボンとメリハリの利いた流線型をしていると、制服越しにも判るほど。

華奢《きゃしゃ》でありスレンダーでありながらも出るべきところはしっかりと出ているのだ。

特に、その胸元は、いやというほど制服の前を張り詰めさせ巨乳であることを知らしめている。

白魚《しらうお》のような繊細な指先でタブレットを操る度《たび》に、自らの二の腕に押され悩ましくふくらみが左右に揺れるのだ。

そんな由乃が無意識のうちにも清楚《せいそ》な色気を放つものだから大河がボーッとなるのは道理。おのずと話が見えなくなり、自分に都合のいいことばかり脚色してしまいそうになる。

「えっ。それは、どういうことでしょう？　文字通りの王様って……本物の王様として四日間過ごせるってことですか？　まさかねえ」

妄想にも近い発想に、我ながら笑ってしまった大河だが、由乃はいたって真顔のまま頷《うなず》いた。

「はあっ？　王様としてって……。どういうこと？　僕に何をさせるつもりですか？」

「もちろん、王と言っても政治的な権力はありません。極めて限定的な意味合いです。例えば、わがままにとか、贅沢にとか、そういう意味では島村様の初めの受け取り方で正しいのですが、その他にも……」

そこまでの淀みのない説明が、急に尻すぼみに言い難《にく》そうになる。空調が効いているというのに額に汗する由乃に、大河は先を促すように語尾を継いだ。

「その他にも？」

「……せ、性的な面でも」

ぽってりと官能的な唇から思いがけない言葉が漏れた。同時に、由乃が頬を赤らめている理由をようやく察した。

「性的な面で、王様としてってことは、つまりエッチなことをし放題とか？　おんなの子に好き勝手に振舞えるってことですか？」

「は、はい。そういうことです。王に言い寄る女性は多いはずですから、その中から島村様がお望みならお妃《きさき》として関係を結ぶこともやぶさかではありません。もちろん、この部屋にお妃をお通しするのもＯＫですし、ここで複数のお妃を囲いハーレムを形成するのも一向に構いません」

言い難いことを一度口にしてしまったからであろうか、幾分事務的ではあるものの由乃の説明は、元の滑らかなものに戻っている。

「言い寄る女性……。お妃ですか……」

そのキーワードに、ここまでの道すがら多くの女性たちが大河に目配せしたり、手招きしたりしていたのが思い出された。

すなわち、あれは文字通り誘惑であったらしい。

「意味は分かりましたが、でもどうして……？」

単なる観光客に、何ゆえ王様の如き振舞いを許すのか、そこのところが解《げ》せない。

例えば、大河に社会的影響力があるとか、セレブであるとかであればともかく、どこの馬の骨とも知れない若造に、そこまで許す理由が判らない。

「その理由は私の口からは……。それはともかく、もし、島村様が王になることに抵抗があるのでしたら、その権利を放棄することも可能です。それはそれで島村様の自由ですから……。もちろん、その場合も、お客様として当ホテルで相当のおもてなしをさせていただきますのでご安心ください……。で、いかがなさいますか？」

詰め寄るような由乃の口調から、今ここで決めなくてはならないことは窺える。けれど、正直、大河は返答に窮《きゆう》していた。

女性経験が全くない訳ではないが、周りからも草食系と見られがちな大河。シャイな性格を拗《こじ》らせ気味である上に、自意識過剰とも相まって、学生時代以来なかなか彼女もできずにいる。

女性経験が少ないからこそ理想が高い上に、恋愛感情もないままに肉体関係を持つことにも多少なりとも抵抗がある。

それでいて女性に興味がないわけではない。否。いつも好みのタイプの女性を探しては目で追うほどの女好きであると自覚もしている。

ひと夏の甘いバカンスや、今しがた由乃が口にしたハーレムなどを妄想することも少なくない。

それでいながら返答に窮《きゆう》するのは、二択を迫る由乃を意識してのことだった。

だらしなく鼻の下を伸ばし王様を受けてしまうことで、果たして由乃に軽蔑《けいべつ》されたりはしないかと。

由乃に一目惚《ひとめぼ》れのような恋愛感情を抱いているわけでもない。何となく素敵な女性として認識しているのは確かだが、好きというほどの明確な感情が湧いているわけでもない。にもかかわらず彼女を意識して、そう考えてしまうあたりが、自意識過剰のなせる故なのだろう。

要するに、なかなかバカになれない性格なのだ。

もっとも、大河の恋愛傾向《けいこう》からいえば、一度素敵な女性と認識した相手には大抵恋愛感情を抱くことになるのが常だ。

それを踏まえると、いま由乃にどう映るかを意識することは、あながち間違った方向性ではないかも知れない。

「あのう、ひとつお聞きしたいのですが、その王様の権力って、ここにいる全ての女性がお妃の対象になるということですか？　例外とかは……？」

大河としては、遠回しに由乃もその対象に入るのかと尋ねたつもりだ。シャイな大河には、それが精いっぱいのアピールでもあった。

「例外と言いますか……。村の女性は王様の求めには基本的に前向きに応じますが、決して奴隷ではないので、あくまで自由意志でやっています。ですからお妃の候補が見つかったとしても、お相手の女性も島村様を気に入る必要があります。そこは風俗ではないので、王様といえども無理強《じ》いはできません」

不器用な大河のアピールに気づいているのかいないのか、由乃はまるで大河が期待したものとは異なる答えを返してきた。

(でも、きちんと否定しないってことは、由乃さんも対象になると解釈していいのかも……)

それにはまず由乃を自分に振り向かせなければならないのだが、いずれにしろ、まずは王様の権利を確保する必要がありそうだ。

「風俗とかと違うってことは、一種の自由恋愛ってことですよね。お妃選びって、ゲームっぽく楽しめるかも……。そう考えれば抵抗感も薄れます。せっかくの権利だし、受けるのもありかも……」

由乃が口にした〝風俗〟とのキーワードで、またしても大河は海外のＦＫＫを思い浮かべた。

ドイツ留学の折に悪友から誘われるまま一度だけ経験したＦＫＫをイメージしたのだ。

けれど、由乃の説明では風俗とも違い、金を要求されることはないらしい。

前向きになりはじめた大河に、どういう訳か由乃もさらに熱心に勧めてくれる。

「そうですよ。せっかくのチャンスなのですから……。性を愉しむことは生きることを謳歌《おうか》することだと、脳科学か何かの本で読みました。脳が性を喜ばしき営みと感じたとき、心は悦び、生きがいが生まれるのだそうです。たまには自らの倫理観に蓋をして息抜きするのもいいものですよ」

知的な背中の押し方が由乃にお似合いと感じさせる一方、そんな本にまで彼女が目を通していることに少し驚きもした。

(なるほど性の悦びは生きる歓《よろこ》びか。こんな経験をシャイな自分を変える機会にするのも悪くないよな……)

得心《とくしん》した大河は、王様の権利を行使することに決めた。

「決めました。王様として過ごさせていただきます。で、それって今からってことですよね？」

「はい。このタブレットで守秘義務をご確認いただいて。その誓約としてサインを頂ければ、その瞬間から権利を行使できます」

差し出されたタッチペンで、勇みながら大河はサインした。

「うふふ。今この瞬間から三泊四日の間、島村様は唯一無二のこの村の王様です。いっぱい愉しんでくださいね」

三泊もの滞在を、いささか長いと思っていた大河だったが、こうなると話は別だ。もしかすると、あっという間の四日間となるかもしれない。

ならば、貴重な時間を無駄にはできないと、大河は矢も楯もたまらず口を開いた。

「で、さっそくなのですが、僕は、王としてあなたを見染めました。由乃さんがコンシェルジュという立場であることは判っています。でも、あなたもこの村の女性であり、先ほどのお話であれば僕のお妃の対象に入るような口ぶりでした。だから正式に申し込みます。由乃さん。どうか僕のお妃になってください」

いつもの大河であれば絶対に口にできないことが、すらすらと出てきたのは、自らを変える決意をした高揚感があったからであろうか。

大河の優柔不断を容易《たやす》く乗り越えさせるだけの美しさと、魅力を由乃が持っているということでもある。

ソファから腰を浮かし前のめりに告白すると、由乃は切れ長の眼を丸くさせて、「えっ……」と言ったきり官能美溢れる花びらのような朱唇をぽっかりと開けたまま固まってしまった。

後頭部にひっ詰めた艶《あで》やかな黒髪が微《かす》かに揺れるばかり。前髪をアクセントのようにひと房、額から流しているのがとてもセクシーだ。

大河はただひたすらまっすぐに由乃だけを見つめ息を詰めている。

なかなか答えがないのは、良い兆候なのだろうか、あるいは悪い兆《きざ》しなのか、皆目見当もつかない。

「あの……。少しだけ……。少しだけお時間をください。そう長くはお待たせできないことは承知していますが、すぐには決心をいたしかねますので……」

これまでずっと大河から離れずにいた由乃の視線が、いかにも恥ずかしそうにスッと伏せられた。それだけでも脈がありそうだと思える。

「あっ、私がお待たせする間、他のお妃候補を探してくださって構いません。あん。何だかこれでは私の方が上から目線で申しあげているように聞こえますね。申し訳ありません。こんな申し出を受けるのは初めてのことで……」

「上から目線なんてそんな……。でも意外です。こんなに美しい由乃さんを見染める男がいないだなんて……」

急に由乃が度を失ってしまった分、むしろ大河の頭は冴えていて〝美しい〟などと普段なら照れる形容もすらすらと出てくる。

「あん。美しいだなんてそんな困らせないでください……。でも、くれぐれもお願いですから他の女性も……。例えそういう関係を他の方と築《きず》かれたとしても、私は左右されないようにしますので、ご安心を……」

まるで浮気を公認する妻のような物言いに、ますます大河の期待はいや増した。

由乃の決心とは、大河に身を任せてくれるための気持ちの整理のように聞こえたからだ。

返事を保留されたことで、むしろ大河の彼女に対する好ましさがワンランク以上アップしたことも事実だ。

それだけ由乃が奥ゆかしくも身持ちが固い女性であると知れ、より大河の好みのタイプと認識された。

「さあ、物は試しです。まだ日暮れまで時間がありますからビーチを散策していらしては如何でしょう？」

ようやく気持ちを落ち着けたらしい由乃は、コンシェルジュらしい口調に戻り、そう勧めてくれた。

「じゃあ、そうしますか……」

由乃が立ち上がると同時に、大河もソファから腰を持ちあげ彼女を見送ると、ウキウキしながらビーチに出る支度《したく》をはじめた。

3

「それにしてもきれいな所だなあ。由乃さんが自慢していたのがよく判るよ……」

真っ青な空に、もくもくと湧き上がる入道雲の白さが目に沁みる。

未だ凶暴に焼き付ける太陽も、気にならないくらい海風は心地よい。

コバルトブルーの海は、異国のそれのよう。海の匂いも磯臭さがまるでなく、これまた外国の海に近い。

そもそも磯臭さとは、プランクトンの死骸の匂いであるらしく、湾の形状の関係なのか、独特の潮の流れのせいなのか、この辺りの浜辺にはあまりそのプランクトンが発生しないため、あの匂いがしないらしい。

「空気が美味《うま》いのも、そのお陰だな……」

短パンにアロハシャツを羽織っただけのラフな格好が、いかにも似合う風景に大河はいたって機嫌がいい。

相変わらずビーチには、賑やかというほどではないものの、閑散としているというほどでもない程度に美女がたむろしている。

海沿いを散歩していると、入れ代わり立ち代わりに美女が近づいては意味深に流し目をくれたり、艶冶《えんや》に微笑みながら頷いていたりしている。

由乃から聞かされていなければ、突如としてモテ期が来たと勘違いするほどだ。

「にしてもなあ……。いくら僕が王様だからって、どうしてこんなに女性たちが群がるのか……。しかも、こうも美女ばかり……」

それも単に、美しいばかりではない。その肉体もそれぞれに素晴らしいのだ。しかも、そのことごとくが水着であったり、トップレスであったりと悩ましいプロポーションを露わにしている。

モデル張りにスレンダーな体型もあれば、グラビアアイドル並みにグラマラスな女性もいる。

いわゆる男好きのする肉付きもあれば、ぽちゃぽちゃと豊満に熟《う》れた女体もある。

その年齢の幅も様々で、十代後半と見紛《みまが》うような美少女を脱したばかりの女性もいれば、四十代と思われる熟女までバラエティに富んでいる。

これも由乃のレクチャーでは、未成年の女性はおらず、かつ上限は四十代半《なか》ばほどまでの女性ばかりだそうだ。

「高齢化社会だから未成年の数が極端に少ないのは判りますが、この村には五十代すらいないってことですか？」

目を丸くする大河に、由乃が小首を傾《かし》げてから美貌を左右に振った。

「ああ、島村様は勘違いしていらっしゃいます。このビーチ周辺だけが戸問村ではありません。と言うよりも、ここはごく一部です。村の中心部は、裏の崖の上の方に……。このビーチは、およそ五百年前に隕石が落下してできた地形らしいのです」

五百年前と言えば戦国時代にまで遡《さかのぼ》るはず。しかも、海岸線が一キロほど落ち窪むほどの隕石とはどれほどのものだろう。

元々日本列島は、火山活動が活発で、しかも水による浸食が盛んでもあることからクレーターの痕跡は残りにくいそうだ。この辺りでも隕石落下の確たる証拠はないらしく、あくまでも言い伝えが残されているに過ぎないらしい。

温泉が湧き出したのも、その隕石が切っ掛けとされているらしく、かえってそれが大河には滑稽《こっけい》に聞こえ、眉に唾《つば》している。

海水に侵食されて出来上がった地形としか思えず、日本では海岸線に温泉が湧いていることも珍しくない。

いずれにしても由乃の指摘通り、大河はこの辺りだけが戸問村と勘違いしていた。

けれど、今思えば、このわずかな集落だけで村と称するにはムリがある。

ホテルと土産物を売るショップやカフェ、レストランなどの数軒の商業施設が並ぶこのビーチに、船で大回りして入ったために勘違いしたのだろう。

「でも確かに、ここは戸問村の一部ですが、山や崖に阻まれ、村から直接ここに降りる道はありません。つまり、このビーチは独立した村のようなものなのです」

ちなみにホテルやショップの従業員たちは、東側の奥のエリアに寮やアパートがあるそうで、一部は村から船で通っているそうだ。

「こんな隠れ家的スポットがあるのだから、結構日本も広いよな……。まさしく陸の孤島だものなあ……」

物珍し気に地形を見ながら散策している風を装い、実は、大河の視線は美女たちを盗み見ている。

海辺にはカラフルなビーチパラソルが広げられ、その下には屋外用の白いリクライニングチェアが設《しつら》えられている。

女性たちは日焼けを避けるようにそのリクライニングに寝そべっているものもいれば、反対にこんがり小麦色に焼くために砂浜にシートを敷《し》いて肢体を横たえているものもいる。

大きなテントが張られていて、そこに敷き詰めたカーペットに身を横たえている女性もいた。

視線に入るだけで、十人ほどの女性が思い思いに過ごしている。

いずれもすこぶる優雅であり、まさしく眼福《がんぷく》の眺めだった。

先ほど大河も一度は、適当なビーチパラソルの日陰に腰を降ろしてみたのだが、一人の女性が忍び寄ってきたかと思うと、いきなり大河の膝の上に腰を降ろし、抱き着くように女体を擦《す》りつけながらディープキスを仕掛けられた。

その女性も確かに美人であり、ナイスバディの持ち主ではあったが、正直大河はその気になれなかった。

好みのタイプと微妙にずれていたこともあったが、女性経験の少ない大河では、こんな時にどう振舞えばいいのか、正直、判らなかったのだ。

「ご、ごめんなさい。すみません……」

詫びを入れながらも、ほうほうの体《てい》で逃げ出した大河に「何よ、意気地なしぃ！」と罵声を浴びせかけられた。

恥をかかせるようで申し訳なく思う反面、意にそぐわぬ相手と結ばれずに済み安堵した。

「いやあ。襲われるとは思わなかった。シャイは捨てようと思うけど、少し慎重に相手を見定めないと……」

品定めするようで申し訳ないが、あからさまに誘惑されるのも、風俗にでも来たようで白けてしまい、今一つその気になれない。

古い価値観を持つ親から、相手を好きにならないうちに、そういうことをしてはいけないと教育され、すっかり頭が凝《こ》り固まっているのだろう。

「しつこく諭《さと》されていたから、しつけと言うより洗脳に近いよな……」

身についた道徳を踏み外そうとするのは、意外に難しいものだ。

かといって頭のどこかには、思い切り羽目を外したい欲望もある。

だからこそ、男にとって天国のようなこのビーチから離れるのも忍びなく、地形に目を奪われる演技をしては、悲しいかな出歯亀の如く眼の保養をしているのだ。

およそ王様にふさわしくない振る舞いながら、こうもおんなばかりでは肩身も狭い。

「ああ、そうだ。あの人は、もうここにいないのかなぁ……。なんて言ったっけ。ああ、そうそう宇佐美さん。宇佐美和香さん！」

ホテルを目指して歩いている間に、熱中症になりかけ、それを助けてくれたあの人。

大河より五つほど年上であろうと思われる女性であったが、その年上のやさしいお姉さんといった雰囲気が大河のようなタイプには丁度いいように思われる。

「あの人に手取り足取り、甘えながら教えてもらうっていうのもいいな……」

童貞ではない大河だが、いささか経験不足である上に、年上のお姉さんに甘えたい願望がある。

大人っぽい雰囲気。どこか颯爽としていてカッコよく、それでいてやさしくて、女教師とかナースのような空気を和香は纏っている。ありていに言えば、それが大河の好みのタイプなのだ。

和香よりも年下ながら由乃も同じタイプと言えるだろう。顔立ちはまるで違っているが、放つオーラが同質のものなのだ。

「和香さんには、絶対に僕のお妃になってもらいたい。もし、もう一度、彼女に逢えたら恥も外聞もなく求愛するんだ。シャイだなんて言っていられないよ……」

そう決意しながらその姿を求めビーチを探し歩いたが、生憎《あいにく》、見つからない。

残念に思う反面、心のどこかでは、少しだけホッとしている面もある。

どう声を掛けようかとシミュレーションしても、うまくいく気がしないのだ。

「さっきの人じゃないけれど、意気地なしって、当たっているかも……。いや、いや、いや。その発想がダメなんだ……」

肩から吊るすトートバッグから水のボトルを取り出し、湧き上がったネガティブ思考ごと喉奥に流し込む。

ぬるくなった水も渇いた喉には、ひどく美味く感じられる。

「すみませぇ～ん……。す・み・ま・せ・んんっ！」

ふいに、砂浜の奥の方からこちらに手を振る女性の姿を見つけた。

紛《まご》うことなく大河に掛けられているその声は、勢いよくこちらに転がってくるバレーボールを投げ返して欲しいと求めてのものらしい。

「おおっ！　ありがちなシチュエーション！」

そんなことを想いながら、少し大河から離れた方角に転がっていくバレーボールを急いで追った。

4

バレーボールに追いつき拾い上げた大河に、ぴょんぴょん飛び跳ねながら手を振る華やかな美女。

投げ返してやろうかと考えているうちに、彼女からこちらへと駆けてきて、今度は礼の意味らしき「すいませぇん」を言いながら大きく手を広げている。

その愛らしさと大人っぽさを同居させた美貌に、大河は自らの心臓がキュンッと鳴る音を確かに聞いた。

アイドルや若手女優ですら彼女ほどに眩《まばゆ》いオーラを放つ女性に、そうはお目にかかれない。

眼はくりくりと大きく、ぱっちりとしている。小顔の半分をその眼が占めていると感じられるのは、目力《めぢから》の強さもあるだろう。恐ろしく、その瞳が澄んでいる上に、白目と黒目の境界がはっきりしているから、より強くそう感じさせる。

その美しいアーモンド形をくっきりとした二重が色っぽく飾っているのも、ひどく睫毛《まつげ》が長いのも、その目力を一回りも二回りも強力にさせる所以《ゆえん》だろう。

少し目が離れ気味なところが、愛らしさを添え彼女を年齢不詳に若く見せる秘密かもしれない。

このビーチには、未成年者は出入り禁止だそうだから彼女もまた二十歳以上であるはずなのだが、もしやと思わせるほどの少女質なものを感じさせる。それでいて、アンバランスにも確実に大人の色香を匂わせているのだ。

それは恐らく、分厚いとさえ感じさせるふっくらボリューミーな唇がそう感じさせるのではあるまいか。

ぷるるるんと肉厚ボリューミーで、ぽちゃぽちゃといかにもやわらかそうで、ふっくら官能的で、思わずキスしたくなる唇。見ているだけでドキドキしてしまう唇は、まさしくセックスアピールそのものなのだ。

そう高くはないが容《かたち》がよく愛らしい鼻、頬高の美しいラインや少し大きめの耳、どこをとっても美しいが、彼女の印象を決めているのは、何といってもその眼と唇だ。

「ありがとうございます」

思わず美貌に見惚《みと》れていた大河を涼やかな声質が明るく促してくる。

慌ててボールを投げると大きく広げた腕が胸元でボールを受け取る。

「な、投げますよ……！」

「あのう。もし、よろしければ、僕も一緒に……」

大河にしては珍しく、シャイを蹴散らして声を掛けた。それほどまでに彼女が魅力的であったからだ。

「えーと、姉さえよければ、私は、はい。人数が多い方が愉しいから……」

快活に返事をしながら姉の方へと駆けていく彼女。何事かを相談してからすぐに、大河を手招きしてくれる。

「なんだ、おんなの子に声を掛けるのって簡単なんだ」

振られることを恐れなければ、世界などこれほど容易く広げられる。肝心なのは、勇気を持てるかどうかであることをようやく大河は理解した。

「僕、島村大河って言います。二十三歳独身。サラリーマンやってます」

大河が駆け寄った美女は二人連れ。それも同じ顔がふたつ。一目で双子と判る美人姉妹だ。

軽薄になり過ぎぬよう、さりとて堅苦しくならぬよう努めて明るく自己紹介した。

「私は田春菜緒《たはるなお》で、こっちは姉の麻緒《まお》です。私は美容師で、姉はネイリストをしています」

口元に色っぽいホクロのある方が妹の菜緒で、首筋に縦にふたつのホクロのある方が姉の麻緒と、とっさに目印を見つけ記憶する。

「はじめまして。麻緒です。年齢は二十八歳。一応ふたりとも独身よ」

「あん。やだぁ。麻緒ったら年齢、明かしちゃうんだ……」

ぷくっと頬を膨らます菜緒に、クスクス笑いながら妹の掌を握る麻緒。いかにも仲のよい華やかな双子に、大河はだらしなく目じりを下げている。

「二十八になんてとても見えません。すっごく若々しくて、ピチピチのギャルって感じで……」

本当に、その年齢を明かされて驚いている。もしかすると未成年なのではと思ったほどなのだから全くお世辞ではない。

「うふふ。ピチピチギャルですって……。うれしいけれど、ちょっと子供っぽく見られたのかなあって、複雑ぅ……」

わざと麻緒がギャル口調で語尾を伸ばすと、今度は菜緒がクスクスと笑っている。

彼女たちの明るさは、心を癒してくれるようで見飽きない。

「いや、いや、いや。子供っぽいなんて思っていません。むしろ、大人な雰囲気で、すごく華やかだなあって……」

すっかり彼女たちのペースに呑まれているが、それがまた心地いい。

双子なのだから息が合っているのも道理。それも相当の美人姉妹なのだから大河がやられっぱなしになるのも当然だ。

しかも二人そろって、素晴らしいプロポーションでもあるのだ。

身長は一六〇センチほどながら四肢がすらりと長い上に、顔がとても小さく首が細いから恐ろしく均整がとれている。

黄金比率を体現したような完成度で、大河を見惚れさせて止まない。

胸のふくらみは、巨乳と呼べるほどの大きさはないが、けれどスレンダーな体型である分、十分以上にメリハリが効いている。

悩ましいのはその腰つきで、ファッションモデル張りに腰高である上に、ムッチリと悩ましいまでに大きく左右に張り出しているのだ。

それでいて双子は、ビーチにたむろする他の美女たちと一線を画し、肌の露出は抑《おさ》え気味だ。

最低限の布で局部を隠すだけのマイクロビキニや紐でできているようなハイレグワンピースの美女が多い中、双子たちは清楚な水着を着けている。

姉の麻緒は、クロスデザインの黒のホルターネックのビキニで、デコルテまでを清楚に覆いつつ、サイドで絞《しぼ》ったギャザーがアクセントとなるボトムをハイウエストで穿きこなしている。付属のパレオを腰に巻いたエレガントな装いは、大人っぽくも色っぽい。

一方、対照的に白いホルターネックが眩しい菜緒のビキニは、清純かつ愛らしい印象。同様に白いボトムはしっかりとヒップを包み込んでいる上に、その上からデニムのホットパンツを穿《は》いている。

他のビーチで見るならば十分以上にセクシーでホットな装いかもしれないが、ここでは控えめにしか映らない。

「うふふ。どちらにしても褒めてくれているのよね。いいわ。好意的に受け止めておく」

官能的に動く朱唇に妹の菜緒との微妙な違いを大河は見つけた。

ふたりともに肉厚な唇ながら菜緒のそれが上下均等にボリューミーなのに対し、麻緒は上唇が比較的薄く、下唇がふっくらと瑞々《みずみず》しく厚みがあるのだ。

「私たちと遊びたいのでしょう。じゃあ、しようか……」

聞きようによってはエッチな菜緒のセリフにどきりとしたが、すぐにアンダーハンドでバレーボールが打ち込まれ、このことだと気づかされる。

正直、バレーボールの経験があるわけでもなく、ボールに触るのすら体育の授業以来だが、何とかなるだろうくらいに思っている。

案の定、おんなの子たちの戯れにつきあうくらいで、難しいことではなかった。

それどころか、彼女たちのすらりとした美しい肢体を近くで眺める余裕も十分にあった。

特に、目を愉しませてくれるのは、波うつふたりのバスト。共に巨乳というほどではなく、妹の菜緒のバストがDカップに満たないCくらい。麻緒の方がCカップそこそこといったところだろう。

おっぱい星人の大河としては、ギリ守備範囲に入る程度だが、その胸元が縦揺れ、横揺れする艶《なま》めかしさたるや、涙がちょちょ切れそうなほどに愉しい光景なのだ。

ホルターネックの水着は露出度が小さく、瑞々しくも旬の果実の全容を知ることはできない。

けれど、その白と黒の布地の中、やわらかな物体が押し合いへし合いしながら揺れる光景をたっぷりと視姦できるのだ。

(麻緒さんのおっぱいはティアドロップ型かなあ……)

麻緒がアンダーハンドに両腕を組むと寄せ上げられた乳房が、そのやわらかさを伝えるように悩ましくひしゃげる。

(菜緒さんのバストは、おっぱいアイスみたいだ……)

白い水着に包まれころんと丸みを帯びた胸元は、子供の頃に好んで食べた水風船のようなアイスを連想させる。

ドキリとさせられる瞬間は他にもある。オーバーハンドでトスする時に、チラ見えする腋《わき》の下の色香も悩殺ものだし、砂浜に足を取られて転んだ時のお尻の揺れ具合などは、けしからんにもほどがある。

お陰で、あっという間に愉しい時間が過ぎていった。

「うわあ。夕日がきれいねぇ……」

「ああ、本当に……」

海が真っ赤に染まる美しさに麻緒と菜緒は目を奪われているが、その夕日に頬を赤くする二人の方が大河には、よほど美しいと感じられる。

バレーボールと戯れていた間中も、正直ずっと、大河は折を見てどちらかをこの後、夕食に誘いたいと思っていた。

けれど、どちらかと二人きりになれる瞬間もなければ、どちらを誘うべきかさえ迷っていた始末だ。

大河としては下心たっぷりに、お妃になってくれるよう口説くつもりながら、二人を同時に口説くわけにはいかないのだ。

二人一緒に食事に誘い、チャンスを引き延ばす手もあったが、いずれにしても二人きりになれる公算は少ない。そもそも、どちらかを独りで帰すわけにもいかないだろう。

やがて、「じゃあ、私たちそろそろ」と、双子がどちらともなく口にして、女性らしく手を振る姿を、大河はなすすべもなく見ているしかなかった。

5

「あぁ、逃した魚は大きかったなぁ……」

夕食を早々に終え、寂《さび》しく眠ろうと思ったが寝付けない。

やむなく、もう一度露天まで足を運び、温泉に浸《つ》かりながら大河は、悔やんでも悔やみきれない大失態をまたしても頭の中でリフレインさせている。

「だって、あんなに美人の双子のどちらかを選ぶなんてムリに決まってる……」

ふたりの媚尻を見送りながら大河は、逃した魚がクジラよりも大きかったと思い知った。

ビーチにたむろするあまたの女性たちのように、あからさまな誘惑を受けなかったことが、かえって彼女たちへの好印象に繋《つな》がっている。

よしんば食事に誘ったところで受けてもらえたかも判《わか》らない。まして、どちらかを選び同衾《どうきん》にまで持ち込むなど、ウルトラCどころかG難度だって超えている。

「いや、いや。これでよかったのかも……。そもそも二人きりにもなれないのでは口説くなんて不可能だし……」

なまじ美しいだけでなく、華やかな色気もたっぷりと漂わせていた二人だけに生殺しになりかねない。さりとて彼女たちの美を愛《め》でながら食事するだけでも十分以上に楽しかったかもと、堂々巡りに悔やまれて仕方がないのだ。

「ああ、やっぱり、食事に誘うべきだった。もう会えなかったら取り返しのつかない大失態だよ……」

どう言い訳しても結局は、誘うことに臆《おく》したのだと自らの意気地のなさに帰結する。あれほど優柔不断を克服すると決めたのにと、後悔が付きまとうのだ。

慎重派といえば聞こえがいいが、要するに優柔不断で、マイナス思考が抜けきれない。

「あ〜あ」と何度目かの深いため息を漏らしたその時、ふいに声をかけられた。

「ご一緒させていただいていいかしら？」

振り向いた大河は、すぐにその美しい女性に目を奪われた。

薄っすらと漂う湯煙に朧《おぼろ》に翳《かす》む、見目麗《みめうるわ》しいプロポーションがまるで包み隠すことなくそこに佇んでいたからだ。

「えっ、あっ、おわっ……。ええっ？」

大河が驚きのあまり奇声を上げたのもムリはない。

夜更《よふ》けも近いこの時間、静まり返った露天風呂に入ってくる人などいないだろうと半ば思い込んでいたのだ。

一応、男湯であると確かめて入ったつもりだったのだが、勘違いだったのだろうか。まさか妙齢の女性が現れようとは想像だにしていなかった。

痴漢の類《たぐい》と間違われぬよう慌てて彼女に背を向けた大河に、再びやわらかい声がかかった。

「あら、驚かせてしまってごめんなさい……」

「い、いえ僕の方こそすみません。すぐに出ますから」

「まあ、そんなに慌てなくても……。私のようなおばさんでは、いやでしたか？」

「い、いえそんなことは……」

慌てて否定しながら思わず彼女の方に顔を向けた。

露天風呂を照らすオレンジ色の照明に照らされた女体の優美さ。

スレンダーに引き締まっていながらも、むっちりと艶《なま》めかしいボディライン。

凄まじく魅力的な肉体美を隠すのは、胸元から垂らされた白いタオル一枚のみ。

すべすべした片腕に抱えられた乳房は、悩ましい谷間を形づくり、ほとんど零《こぼ》れ落ちんばかりだ。

（うおっ！　綺麗なカラダ……。あれ、だけどこの美しいボディラインには見覚えがある。え、あれ？　わ、和香さんっ！）

視線がその麗しい肉体にくぎ付けになっていた上に、露天風呂の灯《あか》りが逆光になりその美貌が判然としていなかったために気づかなかったが、まさしく見覚えのある女体にようやくその顔をまじまじと見つめ、それがあの宇佐美和香であることを遅ればせながら確認した。

「わ、和香さん……！」

思わずその名を呼んだが、後に続く言葉が見つからない。

「うふふ。名前、憶えていてくれたのね……」

うれしそうに笑みを浮かべながら和香がその長い脚を優美に折り、石床に片膝をつく。傍《かたわ》らの桶《おけ》を拾い上げ、湯船のお湯を汲むと、自らの肩にざあっとかけ流した。

左腕だけで押さえている乾いたタオルが一瞬にして濡れ、メリハリの利《き》いた女体にべったりと張り付く。

「うわあっ！」

思わず大河が感嘆の声を漏らすと、和香は羞恥《しゅうち》の表情を浮かべた。

「あんっ、恥ずかしいのだからそんなに見ないでっ！　普通はもう少し遠慮するんじやない？」

抗議めいた言葉ながら、けれど、その和香の口調は決して怒っていない。むしろ、艶めかしい媚《こび》を感じられる。

「あ、す、すみません」

あわてて大河は視線を逸《そ》らす。

「あんまり、美しいので、つい……。それにビーチで和香さんの女体は脳裏に焼き付けてあったので……」

目を逸らしたおかげで、言い訳をすることができた。

「うふふっ。今さらってことかしら……。でも、見とれてくれたのなら、ちょっとうれしいかも……」

豊麗《ほうれい》な肉体が、湯船に浸かる気配を感じた。

これほどの美女と一緒に入浴できるのは正直うれしい。けれど、すでに体は充分に温まっている。出るに出られず、どうしたらよいのか途方に暮れるのも確かだ。

「もうこっちを向いていいわよ」

そう声をかけられ大河は恐る恐る体を反転させた。

「ふーっ。やっぱり露天は気持ちいいわね。君がいたのは、ちょっと想定外だったけど」

掌に湯を掬《すく》い、肩や首筋に掛ける和香。その度に豊かな乳房が、湯に濡れ光りながら水面に揺れる。乳首すれすれまで浮き上がる光景が、なんとも危うくて目のやり場にも困る。

「す、すみません。こんな時間に……」

「あら、謝ることなんかないわ。ここは混浴なのだから、こういうことがあると、少しは覚悟していたし……」

悪戯《いたずら》っぽい微笑みが、投げかけられた。

自分のしくじりではなく、混浴であったことに大河は心から安堵している。

「大河くん、だったわよね？　そんなに堅くならなくていいわよ。それとも私、怖い？　ほらぁ、取って食われそうな顔をしてる。それはそうよね。ビーチで唇を奪ってしまったのだものね……」

くすくす笑う和香に、どんな顔をすればよいのかも判らない。やはり、さっき逃げ出しておくべきだったかもしれない。

「あ、いえ。和香さんみたいに美しい人が怖いだなんて、そんな……」

「あら、可愛いことを言ってくれるのね。美しいだなんて、君は素直だぞっ！　名前を憶えていてくれただけでもうれしいのに、そんなに悦ばせないでよ」

胸元まであったロングの髪を今は後頭部でお団子にひっ詰めている。ただでさえ色っぽい首筋が、ふるい付きたいくらい艶めかしい。

その首が、ひょいと斜めに傾《かし》げられると、繊細な双の掌が流れるような仕草で、自らのたわわな双房を覆い、いかにも気持ちよさそうにそこを拭っていく。やわらかそうなふくらみが、ふるるんと揺れ動いた。

マナーとして湯船にタオル地を浸《ひた》すことを憚《はばか》るから、悩ましい膨らみがぷかりと水面に浮かぶのも丸見えになる。

恐らくそれは、温泉に浸かる心地よさからごく自然に出た行為らしい。けれど、大河にはこの上もなくそそられる仕草だった。

「お、覚えていますとも。危なく熱中症になるところを助けられたのですから……。それにあんなに美味しい水をご馳走になったのは初めてですし……」

いつもなら照れて呑み込んでしまいがちな言葉を、大河は肝を据えて吐き出した。先ほどの双子の時のようなしくじりを二度としたくないからだ。

「ここにチェックインしてからビーチを散策がてら和香さんの姿を探したのですが、見当たらなくて……」

「まあ、そうなの。でも、それはどうして？　また私にお水を飲ませてほしいの？」

小悪魔チックに微笑を浮かべながら小首を傾げる和香。その妖しい美しさに大河はハッと息を呑んだ。

うりざね型の小顔を占める大きな瞳。しっかりとした眉がその知性の高さと意志の強さを表すよう。

鼻筋が通り、鼻の頭がやや尖った印象。それでいて鼻翼は小さい。同性の女性たちが、うらやましがりそうなしゅっとした鼻をしている。

朱唇の薄さがクールな印象を与えるが、それでいて触れてみると思いのほか肉厚でありふっくらぷるるんと官能味たっぷりであることを大河は知っている。

「でも、本当にどうして私を？　私よりも若くてピチピチの女の子がビーチには選《よ》り取り見取りじゃない……？　君は王様なのだし……」

それが彼女の癖なのだろう。またしても小首を傾げ和香が聞いてくる。

「そ、それは和香さんがものすごく魅力的だからで……。未熟者の僕だから、色々と教わらなくちゃならなくて……。和香さんなら色々その……教えてもらえそうで……。年上のお姉さんに甘えてみたい願望もあって……」

素直にその下心を白状する大河に、どこか颯爽とした雰囲気を纏っていた和香が、いまはそれを霧散させ、艶めかしくも目元まで赤く染めている。

（おわっ！　和香さん、色っぽいっ‼　心なしか美貌が蕩けたような……。美肌も純ピンクに染まっているよ……！）

うっすらと汗ばみはじめた額に、ほつれた髪が張り付いている。

透明度の高い媚肌が、まるで桜貝のように薄紅に染まっている。凄まじい大人の色香を発散する媚熟女に、即座に大河の下腹部が反応した。

見る見るうちに和香が発情をきたしていくように見え、堪《たま》らない気持ちにさせられたのだ。

「お水を飲ませて欲しいの？」と問われ、再び美女と口づけするのを連想してしまったのもまずかった。

慌てて大河は、自らの下腹部に手をやり、目立ちはじめた肉塊を隠そうとした。

「あん。もうそんなの？　うふふ、こんなに期待されたら私も、いけないことをしたくなっちゃうわ」

それに気づいた美熟女が妖しい笑みを浮かべながら、すっと手を伸ばし肉幹を掌に包んでくれた。

「うおっ！　わっ、わあぁ……」

思わず奇声を上げる大河に、和香がなおも微笑む。

「だ、だって、和香さんがものすごく色っぽいから……。ナイスバディで、おっぱいなんて、すごく大きくて……」

「大河くんのここも立派だわ……。こんなに硬くて大きい……。ここのビーチは刺激が強すぎるから溜まってしまったのね……。ねえ。私に何を教わりたいの？　甘えたいってどういうふうに？」

繊細な掌にきゅっと力が加えられ、白状させようと肉幹を締め付けてくる。

「わ、和香さんにおんなのひとの愛し方を……。童貞ではないけれど、あまり自信とかもなくて……。だから手取り足取り……。目いっぱい甘やかしても欲しいです……。大きなおっぱいに甘えたいし、キスもいっぱいしたい……それに！」

すっかり長湯したこともあり大河は半ば逆上せている。むろん美しくも色っぽい彼女にも。すでに顔を真っ赤にしていると自覚があるから性癖を明かすのも恥ずかしさは半分だ。

「ふーん。そうなんだぁ……。じゃあ、私、王様の申し出を受けさせていただきます。お妃の務めとして、めいっぱい甘えさせてあげる。その代わり私のこともいっぱい可愛がってね」

トロトロに美貌を蕩かした和香が、ちゅっと大河の頬に口づけをくれた。

6

「でも、このままでは湯あたりしてしまうわね。ねえ、ここに腰かけて……」

茹《ゆ》でダコのように真っ赤になっている大河を見かねたのだろう。和香は大河を湯船から上げ、そのヘリに腰を降ろすように促す。

自らも湯船から上がると、大河の側面に女体をしなだれさせてきた。

「まずは、こんなに強張《こわば》らせている逞《たくま》しいおち×ちんをラクにしてあげるわね」

甘く囁いた美熟女は、そのまま大河の耳に朱唇を寄せながら豊麗な女体を擦りつけてくる。

白魚のような手指が大河の肉幹に再び舞い戻り、本格的な手淫《しゅいん》を施《ほどこ》しはじめる。

「ああん、とっても活《い》きがいいのね……。握りしめただけでビクンビクンしている……。すごく逞しくて素敵よ」

やさしくスライドする手指の凄まじく心地いいこと。手淫された経験はあるものの女性の掌がこれほど気持ちのいいものだと感じるのははじめてだ。

「おんなの人と……ひ、久しぶりで……経験も少なくて……」

赤裸々に明かしてしまえる何かが和香にはある。それこそが年上の女性の魅力のひとつなのかもしれない。

「ぐおっ、そ、そこぉぉ……」

ミリミリッとさらに高まる膨張率。自然、亀頭部を覆っていた肉皮が後退し、肉傘が粘膜《ねんまく》を露わにする。そのカリ首に媚熟女は、親指をやさしくなぞらせていく。

びくんと腰が浮き上がり、目を白黒させてしまう。しっとりしていてやわらかで、天に昇るほど心地いい。

「うふふ。ものすごく敏感になっているのね……。でも、感じてくれるのうれしい……。やさし～くしてあげるぅ」

甘く囁きながら和香の朱唇が再び耳元へ。今度は舌が伸びてきて耳の中をやわらかくほじっていく。

「うひっ……み、みみ……っ！」

ぞくぞくするような悦楽が背筋を一気に駆け抜ける。亀頭部を覆うようにして掌が敏感な粘膜を撫でまわしている。胸板にしきりに擦りつけられているたわわな乳房の感触も大河を興奮と快楽の坩堝《るつぼ》へと誘っていく。

「ううっ……。和香さんのあまやかし声……エロいっ！」

「うふふ。私のあま〜い声、お好きでしょう？」

「ど、どうして判るのですか？」

押し寄せる快感にぶるぶると身を震わせつつも、やわらかくも滑らかな和香の美肌をもっと味わいたくて、その腰のあたりに腕をまわす。

「だって、私の声に反応して、あなたのおち×ちん……。とってもかたぁく、大きくなっていくのですもの……」

大河を自らの夫のように扱《あつか》ってくれる和香は、先ほどまでの年下に対する口調から、傅《かしず》くような「あなた」と呼びかけるものに変わっている。それがまた大河の男心をいたく刺激してくれるのだ。

大河が見込んだ通り、やはり和香は年上のおんならしく、男のツボを心得ているらしい。

「とっても硬くて凄いおち×ちん、もっとゴシゴシしちゃいますね……」

大河の反応を見て緩急《かんきゅう》をつける媚熟女が、やわらかく肉茎を締め付けつつ、ずるんと下方向にずり下げてくる。限界にまで下がりきった肉皮を今度はゆっくりと元の位置に戻される。

「うおっ！　す、すごい……っ。僕のお妃はエッチでやばい……っ！」

「あら、エッチなお妃はダメですか？」

大きな瞳が蕩けながら下から見上げるように大河の瞳を探ってくる。

「エッチなお妃、最高です！　最高すぎて、めちゃくちゃ好きです！」

本気で心配そうな表情を浮かべた和香に、大河は慌てて本音を吐いた。

途端に、ぱあっと華やかに美貌を輝かせる和香。その表情は恐らく、本気で愛した男にのみ見せてくれる素《す》の貌《かお》であるはず。色っぽくも大人可愛く、つくづくこの人をお妃に選んでよかったと感じさせてくれる。同時に、和香への愛情が一気にいや増すのを感じた。

「うふふ。よかった。私もです……。私もエッチな王様を本気で好きになりました」

蕩けた美貌がツンと朱唇を尖らせて、今度は大河の唇に寄せられる。

はじめのうちは、ちゅちゅちゅっと触れ合わせる程度の口づけが、徐々に長く大胆なものになっていく。

それに従いふっくらした和香の舌が大河の口腔に侵入する。

（和香さんの舌って、どうしてこんなに甘いのだろう……。あぁ、ぼーっとしちゃう……！）

夢中で口腔を大きく開き、彼女の朱舌が唇の裏側や歯肉を舐め取っていく悦楽に酔い痴《し》れる。

口唇の端から零れ落ちる唾液《だえき》をも甲斐《かい》がいしく舐め取ってくれる。

ねっとりと擦りつけてくる乳房の先が徐々に尖りはじめ、コリコリした感触が胸板を滑っていく。

口腔に溜まった和香の唾液を大河は貴重な蜜液のように喉奥に流し込む。

「んふぅ……にゅむん……るにゅるるっ……んふっ……ぶちゅちゅちゅっ」

微熱を帯びた濡舌が口中を舐め尽くしていく間中、美熟女の手指は大河の分身を擦り続ける。

「ぶふぅっ……ぶふぅっ……ふぐうぅぅっ……ほむん…ぶちゅるるるっ」

荒い大河の息遣いにようやく朱舌が退いていく。

大河の首筋を抱えるようにしてゆっくりと仰向《あおむ》けに倒されていく。

「王様は私のおっぱいをご所望でしたね。うふふ。たっぷりと甘えてくださいね」

太ももに大河の首筋がつくと、たっぷりとした乳肌を顔の上に載せてくれる。

「王様を甘やかすのはお妃の勤めですから……」

マッシブな重みとマシュマロの如き乳房に顔面を埋め尽くされ、窒息しそうになりながらも、大河はそのしこり尖る乳首を口腔に咥《くわ》えた。

「あはんっ……そんなに一生懸命に吸って……。私の乳首、だらしなく伸びてしまいそう……。あぁ、でも上手です。とってもやさしく吸ってくださって……。んふぅっ。あぁ、本当に上手……うまくできたご褒美に、おち×ちんをいい子いい子してあげますね」

媚を含んだ甘い声に脳みそまで蕩かされていく。筒状の手指が、肉幹を上下するピッチがあがる。

二回、三回、四回——スライドは根元まで行き、止まったかと思えば、再び亀頭肉に向かって駆け上がる。その行き来の度に、やるせない性衝動が下半身を襲い、高まる射精欲が極限に膨れ上がる。

「あん。また硬さが増してきた。すごいのですね。大きさも一回り……。あぁん、私のおっぱいを気に入ってくれたのですね……。いいですよ。おっぱいちゅっちゅしながら上手にぴゅーって射精《だ》しても」

甘やかされたい願望をこれでもかというくらいに満たしてくれる和香に、大河はやわらかい掌の中で肉棒をひきつらせた。ぎゅっと肛門を絞り、射精発作を懸命にこらえる。切羽詰まった感覚に、大河は乳首を甘噛《あまが》みした。

「あはぁ、あっ、あぁん、そんなに強くぅ。いけない人……。でも仕方ありませんね。もう射精《で》ちゃいそうなのですよね……」

亀頭傘が、さらに大きく膨らむのを噴出間際と察知した媚熟女が、甘く促しながら容赦なくしごいていく。

「むふん！　だ、ダメです。和香さん射精《で》ちゃいます！」

情けなくもくぐもった声をあげる大河に、和香の手淫はむしろ追い打ちをかけるよう。肉幹を何度もスライドしては亀頭部をキュキュッと握りしめてくれる。

「大丈夫ですよ。いっぱい射精《だ》しちゃってください。うふふっ。頑張れ、頑張れ！」

鉄柱のように硬くなったそれは、暴発の予兆で何度も反り返る。

「ぐわああ、ダメだよ……もうダメだ……和香さぁんっ！」

凄まじい快感に雄叫《おたけ》びをあげながら、ついに大河は戒《いまし》めを解いた。

肉棒が、ビクンビクンっと小刻みに痙攣《けいれん》し、勢いよく牡汁《おすじる》を迸《ほとばし》らせる。

多量に放出した白濁《はくだく》がねっとりと美熟女の手指を汚しても、和香はいやな顔一つせずに、むしろ褒め称えてくれるのだ。

「とっても上手にできました。うふふ。私の下手くそなお擦りでも、いっぱい射精《だ》してくださいましたね。よかった……」

ちゅっと額に口づけをくれる和香のやさしさに、大河は途方もなくしあわせな気分にさせられた。

7

「あなたのそのしあわせそうなお顔……。そんなお顔をされると、もっとしてあげたくなっちゃいます」

射精発作がようやく収まり、萎《な》えかけた肉塊を和香が自らの乳房の谷間に包んでくれた。

「あっ……わ、和香さんっ！」

たゆんと肉幹にまとわりつき滑やかな乳肌を味わわされる。

仰向けに寝そべっていた大河は、首筋を亀のように持ち上げ、自らの下腹部へと視線を運んだ。

目に飛び込んできた光景は、確実にEカップはありそうな美巨乳。その扇情的なフォルムは、横幅広めで胸の間が少しあいている。

その間隔を和香が自らの掌で両脇から押すようにして、大河の分身を挟み込んでいる。

綺麗な円を描いた薄紅の乳暈《にゅううん》と乳首が、つんとこちらを向いている。

肉房の割に小ぶりと思えた乳首は、執拗に大河に舐められていたこともあり、淫《みだ》らなまでにそそり勃《た》っている。若牡を淫らに弄《いじ》る興奮にも、駆りたてられているのであろう。

「こんな風におっぱいに甘やかされるのは、いかがですか？」

甲斐甲斐しくたわわな乳房をひしゃげさせ、肉幹に擦りつけてくれる。ふっくらほこほこの感触に、他愛もなく肉塊はムズムズと反応をはじめる。

つい今しがた吐精したにもかかわらず、節操なく血液を集め猛々《たけだけ》しく復活を遂げるのだ。

「うふふ。おっぱいの間でびくびくしています。こんなに早く元気になるなんて、すごいのですね」

一日中、刺激的な眺めに挑発され続けた上に、美しい和香にこれほどまでに甘やかされているのだから、萎えている場合ではない。

またぞろ湧き上がる性欲に、ついには和香の深い谷間から亀頭部が顔を覗《のぞ》かせるほど勃起《ぼっき》させていた。

「ああん。また、こんなに硬く……。我慢汁もこんなにいっぱい……。私のおっぱいがヌルヌルになるくらいに……」

切っ先から吹き零した多量の先走り汁をあえて和香は乳肌にまぶし、そのヌル付きを利用してさらに肉幹に擦りつけてくる。

清楚な美貌に似合わない淫らな手練手管ながら、大河の官能は燎原《りょうげん》の火の如く燃え盛っていく。

「あなたのおち×ちん、見た目はグロテスクなのに、なんだかとっても愛らしく見えてきます……。一生懸命に私の胸の谷間で膨らんでくれるのが愛《いと》おしくて……」

蕩けんばかりの表情で尽くしてくれる和香の方が、よほど愛らしいと大河には思える。

しかも和香は飛び切りの上目遣いで囁きかけてくれているから、余計に大河は彼女から目が離せない。

恐らく彼女は自分がどうすれば美しく映るか、可愛いおんなでいられるのかを知り尽くしている。けれど、ムリに男受けを狙い可愛らしく振舞っているわけでもなさそうだ。

あくまでも天然に甘やかしてくれているらしい。つまり大河は無意識のうちに好みのタイプである和香の本質に引き寄せられたのかもしれない。

だからこそ、色っぽくて大人可愛い媚熟女にすっかりメロメロにされているのだ。

「おち×ちんを愛おしいだなんて、ふしだらかしら……。でも愛しく思えるからこんなこともできるのですよ……」

言いながら媚熟女は、乳房の谷間から顔を覗かせた亀頭部に朱唇を寄せていく。まるで躊躇いも見せずに窄《すぼ》めた唇が、ぶちゅりと鈴口に重ねられた。

「おわあああっ、わ、和香さぁ～～ん！」

情けなく喘《あえ》ぎながら、ビクンと腰を震わせる。ねっとりと湿《しめ》り気を帯びた唇粘膜の感触は、乳肌以上に気色いい。

「うふん。あなたの我慢汁、濃くって塩辛いです……」

ふかふかの乳房に挟まれながら、朱唇に何度も亀頭部が啄《ついば》まれる。

鈴口から沁み出た先走りの液と媚熟女の涎が、肉傘全体を絖光《ぬめひか》らせた。

「ぐわぁぁっ……。まさか、和香さんみたいな美人に、僕のち×ぽを舐めてもらえるとは……！」

背筋を走る甘く鋭い電流に、我知らず大河は腰を浮かせてしまう。

「ああん、そんなに腰を突きだして私の唇を突かないでください……。でも、それって気持ちがいいからですよね？」

「は、はい。そうです。手でしてもらうのも気持ちよかったけれど……。ふっくらした和香さんの唇に触れてもらえるだけで、天にも昇る心地よさです！」

背筋を震わせるほど歓びにむせぶ大河に、美熟女は自尊心を刺激されたのだろう。蕩けんばかりの笑みを浮かべ、漆黒の瞳もじっとりと濡れさせてこちらを見つめる。

「本当にしあわせそうなお顔、おんなとして誇らしい気持ちです。だから、うふふ。もっと頑張っちゃいますね。構いませんから何度でも射精《だ》してくださいね」

言いながら朱唇が大きく開き、肥大した肉塊に覆い被《かぶ》さった。

生暖かい感触が亀頭部を覆い包み、肉幹には乳肌で圧迫される。

「ぐわぁっ！　ぼ、僕のち×ぽが、和香さんの口の中にっ！」

亀頭粘膜を襲う朱舌のヌルんとした感触。勃起側面には、ひしゃげた乳房がまとわり付き、大河の官能をかき乱していく。

「うはあぁぁ……。わ、和香さぁ～ん！」

情けない悲鳴が露天風呂の空に響く。

女性経験の少ない大河であっても、フェラチオを受けるのは初めてではない。けれど、パイ擦《ず》りとフェラの同時攻撃は初体験だ。

美熟女が繰り出す甘やかしに、大河はすっかり興奮を煽《あお》られ、かつ自尊心をこの上なく満たされている。

これほどまでに、気色のいいご奉仕などあるだろうかと思われるほどだ。

「ぐほぉぉっ……。はっ、はぅっ……うぉっく……！」

呼吸を短く、浅くし、ギュッと掌を握りしめ、必死に菊座を結び、切なく込み上げる快感を堪える。さもなくば、またぞろ射精していたであろう。

和香は「いつでも射精して構わない」と言ってくれるが、それを懸命に堪えたのは、少しでも長くこの快美を味わいたい一心だ。

「ごふうううううっ。和香さんのパイ擦りとお口……すごいです……！」

口腔と乳肌に包まれているだけでも射精してしまいそうなのに、媚熟女は、さらにその美貌を前後に律動させてくる。

たゆんと肉幹を乳房に擦られ、敏感な亀頭粘膜を朱唇と舌腹にあやされる。

和香の掌は、やわらかく肉房の押し付けを繰り返し、むぎゅりむぎゅりと棹部を揉み潰してくる。

「ぬぉぉおおおっ！　ダメです。ダメなんです。射精《で》ちゃいます。このままでは、和香さんのお顔に掛けちゃいますよぉ！」

情けなく弱音を吐く大河に、和香が艶冶《えんや》な笑みを浮かべた。

「どうぞ、射精《だ》してください。お口で受け止めますから……」

下腹部にしなだれかかる巨乳独特のスライムの如きやわらかさ。和香が身じろぎするだけで、腹部や太ももに媚肌が擦れては扇情的に波打ち、たまらない感触を味わわせてくれる。

ひっ詰めたままの豊かな雲鬢《うんぴん》から立ちのぼる甘く芳《かぐわ》しい香りも、大河を凄まじく陶酔させる。

「でも僕、和香さんの膣中で果てたいです。和香さんが欲しいのです。いけませんか？」

嘘偽《うそいつわ》りなく、素直な気持ちをそのまま美熟女にぶつけてみる。

すぐにでも和香を犯してしまいたいと訴える肉勃起を、ムギュリと菊座を締めてヒクつかせた。

「ああ、うれしい。本当は私も欲しくてたまりませんでした……」

「嘘でしょう？　僕だけじゃなく和香さんまで発情しているなんて……」

さんざんふしだらな行為を繰り返している美熟女が、興奮に発情をきたしていて不思議はない。実際、それと思《おぼ》しき仕草も目の当《まあ》たりにしている。

けれど、これほどまでに美しく、颯爽としている和香が、大河を相手に発情するなど、どこか現実と思えないのだ。
「本当です。ほら、私のあそこ、こんなになっているほど……」
大河はよほど信じられないといった表情を浮かべていたのだろう。真実を明かそう
と和香は大河の手を取り、そっと自らの下腹部へと導いてくれた。
耳まで赤くしながら美熟女が清楚ビッチに振る舞う。大河はどきどきと心臓を高鳴
らせながら、促されるまま女淫へと指先を運んだ。
「ぬ、濡れている……。和香さんが、こんなにぐしょぐしょに……」
指先が触れた途端、ビクンと震えた媚肉粘膜は、しとどなまでに濡れそぼっている。
温泉の雫よりも粘度が高く、あきらかにそれが牝蜜であると知れた。
「もう！　恥ずかしいのを我慢しているのですよ。そんなにはっきり言わないでくだ
さい……」
長い睫毛を震わせ、身を捩《よじ》る美熟女。その恥じらう様子が、清楚な本質を匂わせる
のと同時に、熟女らしい淫らさも漂わせている。そんな和香に、大河は居ても立って
もいられない気持ちにさせられた。
「じゃあ、いいのですね？　こんなに昂《たか》ぶっているから和香さんの膣中に挿入した途
端、果ててしまうかもしれませんよ……。それでも、許してくれますか？」

「いいのです。きっと私も、すぐに恥をかいてしまうと思います。こんなにあそこが疼《うず》くのははじめてなので……」

言いながら和香は、その場に四つん這いになり、その豊麗な美尻を大河の方に向けてきた。後背位で挿入しろと、促しているのだ。

前屈みになった途端、深い谷間を作っていた肉房が、釣鐘型に垂れ下がり、ふるんふるんと前後に揺れた。

「わ、和香さん……！」

これからこの美女が我がものとなる。名実ともにお妃になってくれる。

互いにそれがこのビーチに滞在する間だけの短い期間と承知している。

刹那《せつな》の間であるからこそ、激しくも美しく燃え上がる愛もあるのだと、大河は知った。

儚《はかな》いがゆえに凝縮される幸福に息が詰まりそうだった。

8

「調子がいいかもしれないけれど、和香さんに本気で惚れています。ものすごく和香さんは、美しくて、魅力的で、やさしくて、それに超エロくて……！　だから和香さんとやれるのは、最高にしあわせです！」

心から想いを伝えたいと大河は、愛の言葉を紡いだ。少しでも和香の胸に響いてくれればと選んだ直截《ちょくせつ》な台詞《せりふ》。

「ああん。やれるとかエロいだとか、恥ずかしすぎます。でも、あとの言葉は百点満点。私もあなたと結ばれるの、とってもうれしい……。こんなに若い王様が、私を愛してくれるなんて……」

誤解を恐れず、飾らない言葉が功を奏したのか、こちらに向けられた和香の美貌がキラキラと輝いている。

あれほど美しいと思っていたはずの彼女が、さらに一段とその美を深めると共に、その色香もさらに一段と濃厚に匂わせている。

「ああ、早く。和香の膣中に、来てください！」

色っぽくも扇情的に媚尻を左右に振り、大河を乞い求める和香。分別のある大人のおんなが、相手をよく知らぬうちに結ばれることに、躊躇わぬはずがない。それを乗り越え、求めてくれる勇気にしっかり応えなくてはならない。

「和香さん！」

たまらず大河は、美臀に飛びついた。

おんな盛りを匂わせる肉体は、全体にスレンダーではあっても豊満に過ぎるエロボディ。

付くべきところに熟脂肪を載せているのに、むしろ年増痩せしていて、乳房のふくらみを過ぎたあたりにはあばら骨がうっすらと透けるほど。

特に悩ましいのは、その腰つきで蜂腰にきゅっと括《くび》れたかと思うと、ボンと安定感たっぷりに肉付きのいいお尻が容《かたち》のよい逆ハート形を形成している。

「ああ、和香さんのおま×こ綺麗だ……。上品なのにやっぱりエロい！」

散々大河に甘い奉仕をしてくれた割に、ようやくお目にかかれた媚熟女の秘苑。ムチムチとした太ももの奥で、やわらかいアンダーヘアに飾られた縦割れが大河の目前に晒されている。

左右対称にきれいに整った美形女陰。鶏冠《とさか》のような薄い肉ビラが縁取《ふちど》り、艶めかしくヒクヒクとそよいでいる。

熟れたザクロを思わせる縦渠《たてみぞ》は、若牡の挿入を待ちわびて透明な蜜汁を滴らせながらあえかにピンクの唇を開かせている。

「ああ、あなたの視線に焼かれるだけで、あそこが疼いてしまいます。きっと、あなたの目の前で緩《ゆる》んで、あさましく口をあけているのでしょう？　だから、エロいなんて辱《はずかし》められてしまうのね……」

身をよじり、大河を拗《す》ねたように睨みつけてくる。けれど、媚熟女のその瞳には、おんならしい甘えと上品な愁眉《しゅうび》しか含まれていない。

「ええ。ぱっくりと口を開けて、いやらしく中でうねっています」

あえて大河は、発情してもなお楚々として品を失わぬ花唇の光景を実況した。

「は、恥ずかしい……。でも、お願いですから早く挿《い》入れてください。あなたのおち×ちんを緩んだ私のおま×こに……」

想像を逞しくさせ、美熟女が我が身を羞恥で焼いている。

「うん。挿《い》入れますね。僕も、もう我慢できません。早く和香さんと繋がりたい！」

やるせなく疼きまくる分身を自らの手でしごく。和香の芳醇な唾液で亀頭部表面は十分な潤いを得ている。鮮烈な欲求に突き動かされ、そのまま腰を突出し、縦渠に切っ先を導いた。

「あん。おち×ちん挿入《はい》るのですね。構いませんから、あなたの大きなおち×ちんを全部、私の膣内にひと思いに……」

滾《たぎ》る亀頭を愛液まみれの女陰にくっつけ、そのまま肉溝に押し込む。

ぬぷ、くちゅっと卑猥な水音を立て、やわらかな肉びらを巻き添えに、切っ先を没入させる。

「あっ、んんっ！」

息を詰めた和香の艶めかしい呻《うめ》き。粘膜同士が触れあうと、刹那に互いの境界がなくなっていく。ひとつになる実感が、怒涛の如く押し寄せた。

「あはん。は、挿入《はい》ってきます!!　あなたのおち×ちんが私の中に……」

ぐぐっと腰を繰り出すと、豊麗な女体がぶるぶると慄《おのの》いた。

「んんんんっーーーっ！」

想像以上に狭隘《きょうあい》な肉路は、これほどのナイスバディがしばらく放置されていた証《あかし》だ。けれど、その柔軟性はやはり媚熟女のもので、他人棒より大きめと自負する大河の逸物にも、すぐに順応してしまう。

でっぷりと膨れあがった竿先を、一ミリ一ミリ蜜壷に漬け込んでいくのを、陰唇をパツパツに拡げながらも、肉棹の太さにぴったりとまとわりつかせながら、そのままズルズルッと呑み込んでくれる。それも複雑なうねりが適度にザラついて、やわらかく竿胴を扱《しご》いてくるのだ。

「やっぱり大きい……ああ、硬くて太いおち×ちんで、私、拡げられていくっ！」

灼熱の異物感と拡げられる膨満感に痩身を震わせながらも、勃起肉を奥へ奥へと受け入れる和香。肉筒を占める大きな質量に、膣襞《ちつひだ》がきゅんっと甘く収縮した。

「和香さんのおま×こ、ものすごくいいです！　熱くって、うねうねしていて……」

締めつけのキツさと天井のざらつきが堪らなく大河を追いつめる。半ばほどを埋めただけなのに、急激な射精衝動に襲われた。

危うい感覚に焦《あせ》った大河は、挿入を中断せざるを得なかった。

「……んふぅ」

ぐぐっと頤《おとがい》を天に突き出しながら和香が重々しく吐息を漏らした。愛らしい菊座がきゅんと窄まっては、ひくひくと蠢《うごめ》いている。

「くふぅっ、あああぁあんっ！」

背筋をしならせることで、かろうじて身悶えを制御しながら媚熟女が啼き叫ぶ。

ひとたび肉塊が嵌《は》まってしまえば、返しの効いたエラ首がくびきとなり、容易には抜け落ちない。

「お腹の中にめり込んでくるようです……。重苦しいくらいなのに、どうしよう私、気持ちいい……。んふぅ、あ、あなたにも私の全てを味わってもらいたいの……。焦らなくても大丈夫ですから……。休みながらでも私の奥まで……」

埋め込まれた肉棒に発情を促されたのだろう。堪えきれなくなった媚熟女がくなくなと腰を揺すらせ、さらに肉茎を奥に呑み込もうとする。挿入感に子宮を疼かせ、充溢を悦ぶ肉襞がうねるように収縮している。

「うお、おあ、す、すごい！　や、やばいです。和香さん、気持ちよすぎっ！　だめです、もう発射《で》ちゃいそう!!」

泣き出したいくらいの快感を、奥歯を噛み締めて懸命にやり過ごす。

「もう少しですよ。あともう少しだけ頑張ってください……。そうしたら全部、私の膣内に挿入《はい》りますから……。ねっ。あなた、頑張れ！」

和香の甘い励ましが胸に染みた。

「ああ、和香さん」

勇気づけられた大河は、ふうっと深呼吸してさらに腰を進める。

ズズズズッと猛りきった火かき棒を最奥まで侵入させ、子宮をギュンと押し上げた。鼠径《そけい》部が陰唇とぶつかり、ようやく付け根までの挿入がなされた。

「んんっ……。は、挿入《はい》ったんですね……あなたのが全部」

「あ、ああ、こんなに気持ちがいいなんて、僕……」

人肌の温もりとビロードの如き粘膜の締め付け、さらにはざらついた肉天井の蠕動《ぜんどう》に危うい射精衝動がぶり返す。

たまらずに前かがみになった大河は、なめらかな背筋に抱きつくようにして乳房を捕まえた。アップに纏められた豊かな髪に鼻先を埋めながら硬く勃《た》った乳首を指先に捉え、甘く擦り潰す。途端に、きゅうんと女陰が締まった。

切なげな表情でこちらを振り向く朱唇を、大河は激情に突き動かされて奪った。

「むふうん、あふうぅ、むほんっ」

和香の朱唇を、舌を伸ばしてねっとりと舐めすする。

「んふぅうっ、激しいキッス……ふむぉうぅっ……そんなに熱く求めてくれるのですね。嬉しいっ！」

荒く鼻で息を継いでから、さらに朱唇を貪《むさぼ》る。差し出された薄い舌に舌腹をべったりとつけあい、舌と舌を絡ませる。

「んふぅ、ほむん、はあああっ、むふむぬんっ」

手指に吸い付くような乳房の揉み心地。途方もなくやわらかい物体を遠慮会釈なく揉みまわす。甘く息苦しい中、時間がねっとりと押し流されていく。

「和香さん。すごい締めつけ。おっぱいを揉むたびにきゅうきゅう絞られています」

「あんっ。あなたのおち×ちんだってすごすぎますっ……私の膣中でどんどん硬くなっていく……。熱すぎて、私、おま×こから溶けていってしまいそう……」

和香が告白する通り、よほど肉体が火照《ほて》っているのだろう。媚膣のうねりがさらに複雑さをまして、ざらついた天井で竿胴をしごきあげてくる。

まるで温めたゼリーの中に性器を突っ込んでいるような、それでいて複雑な構造が大河の精を搾《しぼ》り取ろうと蠢いて、目くるめく悦楽に引き込まれるのだ。

「んっ、んふぅ、んぅぅっ、あ、ああ……っ」

子宮口と鈴口が熱い口づけを交わしている。受精を求めて、子宮が下りてきているのだ。

なおも大河は和香の朱唇を求める。

唇を重ねあい、舌と舌の表面をねっとりと密着させる。和香とのキスはどこまでも官能的であり耽美でもある。

これ以上ないほどに一つになる充足感が、全身に鳥肌を立たせた。

合一感が多幸感を生み、悦びがぐんぐん昇華されていく。

経験の少ない大河であったが、おんなを抱くことの悦びをこれ以上味わわせてくれた女体は他にない。我ながら射精してしまわないのが不思議なほどだ。

「あふうっ……むふんっ、んんっ……あっ、んッ……ダメです、ああ痺れてきちゃう……んんっ、ちゅちゅゅぅぅぅっ」

　ついては離れ、離れてはつき、唇の交接は終わらない。時折、切なくなった勃起で、膣内を捏《こ》ねまわすと、美熟女も堪《たま》らないといった感じで細腰をくねらせる。

　せんべいを汁に浸したように、肉という肉がずぶずぶに蕩ける感覚だ。

「ぶふぅぅ。和香さんのおま×こ、超気持ちいいよぉ……。やるせなくち×ぽが疼いてる……。う、動かしたくて仕方がないんだ……」

　顔を真っ赤にして大河はその切なさを訴えた。律動をやせ我慢する切なさを、しつこく乳房を弄ることで紛らわしている。

「どうしてですか？　動かしてくださって構いません。我慢などなさらずに……」

　若牡を促しながら美熟女が前傾して、大河の肉塊を引き抜きにかかる。

「ま、待って！　待ってください……」

　たまらない喜悦の漣《さざなみ》が起きるのを、大河は美尻を両手で摑まえて止めた。

「ああん。どうして？　どうしてですか？　本当はもう私も切ないのです……」

　正直に美熟女が打ち明けてくれるのがうれしい。それだけで、ぐっときて射精衝動が込み上げる。けれど、大河は懸命に菊座を引き搾りその衝動を堪えた。

「だって、僕はまだ和香さんに何も教わっていません。どうすれば、和香さんが気持ちよくなれるのか……。おんなを感じさせるにはどうすればいいのか教えてもらう約束でした……」

正直、この状態では大河の余命など幾ばくもないであろう。三擦り半で果てて、おかしくない。

けれど、和香の極上の肉体に溺れ、自分一人だけが終わるのはいやなのだ。イクのならせめて一緒に。その一心が大河をかろうじて堪えさせている。

「ええ、そうでしたね。そんな約束を……。ああ、でも、ごめんなさい。私に教えることなどありません。だって、もう私は……和香は、たっぷりと感じているのですから……」

確かにその言葉通り、大河の目にも媚熟女に小さな絶頂の波が幾たびか訪れているように映っていた。艶めかしく肉のあちこちをびくんびくんと震わせているのだ。

「恥ずかしくてイッたことを誤魔化していましたけど……。もう軽く数回は……。だから、このままあなたのおち×ちんで和香のおま×こを突くだけで、きっと和香はひどく乱れて……。いっぱい恥をかくでしょう……」

「本当に？　本当に、このままおま×こを突きまくるだけで、和香さんがイクのですか？」

「ええ。本当です。あさましい和香は、それを心待ちにしています……。ひとつだけあなたに教えることがあるとすれば、あなたはまだ若いのですから、その若さを武器にすればいいということです」

「若さを武器に？」

「もちろん、乱暴したりするのは論外ですが、相手のことを大切に扱い、あなたの情熱をそのままぶつけさえすれば、それでいいのです……。愛することはテクニックではありません」

言い難そうにしている和香の女陰が、またしてもむぎゅりと締まった。まるで彼女の恥じらいをその媚膣が伝えるかのように。

「いまはあなたの若さをそのままに……。テクニックなど経験を積めばおのずと身に付くものです。けれど、若さゆえの情熱や激しさは、いまだけのもの。時には、質より量が勝ることも……」

なるほど、若牡ゆえの精力だけは大河にも自信がある。特に、和香のような熟女であればこそ、何度も求められるほどの情熱に弱いのかもしれない。

熟れたおんなのエロさ、業の深さとは、そんなところにあるのかもと大河は気づかされた。

「質より量でってことは、和香さんを何度でも犯していいってことですよね？　和香さんが相手なら僕は、一晩中でもできます！」

四つん這いになったままこくりと頷く美熟女。途端に、濃艶な牝フェロモンが匂い立つ気がした。そして、またしてもキュンと媚肉が締め付けてくる。

埋められたままの肉塊の存在に子宮奥が疼くのか、もう一刻も我慢できないと訴えるように、媚熟女が太ももの付け根をもじもじさせている。

「うおっ、ああ、わ、和香さんっ！」

膣口がきゅきゅっと締まるたび、肉壁もやさしく擦れる。微妙に捩れた勃起から、堪らない快感が湧き出した。じんじんと脳髄がわなないている。その凄まじい気持ちよさに菊座をぎゅっと閉じ、胎内で勃起を跳ね上げさせたほどだ。鈴口から多量の我慢汁を噴出させた自覚があった。

「判りました。僕、やってみます、情熱たっぷりに、和香さんのおま×こを突きまくりますよ！　万が一、早撃ちしてもすぐに復活して、何度でも和香さんを犯しますからね！」

「はい。お願いします。和香にあなたの情熱をたっぷりと注《そそ》いでください……。構いませんから和香の膣中に、あなたの精子を射《だ》してくださいっ！」

鼻にかかった甘え声が、種付けをおねだりした。もはや大河とて、求められるまでもない。極上の媚肉に煽られ、律動を我慢するのも限界に達している。

「それじゃあ、動かしますよ」

背筋に張り付かせていた上体を起こし、細腰に手をあてがい直してから、ゆっくりと肉塊を引き抜きにかかる。返しの効いたエラ首で、膣肉をめいっぱい引っ掻きながら、恥裂から抜け落ちる寸前まで腰を引いた。

「ふぐうう、あ、あああぁ……」

引き抜いた肉棹を反転、熱い思いをぶつけるように奥まで埋め戻す。

はじめは、ゆっくりと。前後させるだけでなく、腰を捏ねるようにして。技量は必要ないと教えられたものの、大河が知っている限りのものは出し尽くしたい。

浅いところで捏ねまわすと、「あっ、あぁん」と美熟女の呻きが甘さを増して甲高くなる。

「あふうぅん、ああっ……感じる。感じちゃいます……はあああぁ～～んんっ！」

くびれた腰を両手で掴み、前後に揺するようにして抜き挿《ぬさ》しを繰り返す。張り出したエラ部分で見つけた、和香が敏感に悶え狂う急所を、そこを狙って擦りつける。

「ふぅぅんっ、ああ、そこっ！　ああんっ、教えて欲しいだなんて、上手ではありませんか……。あっ、ああん、気持ちいいところに当たっていますぅっ……」

やさしく擦りつけているだけにもかかわらず、手ごたえは十分だった。

四つん這いのまま美貌を左右に打ち振り、汗にぬめる裸身をくねらせて、いたるところの筋肉をひくひくさせている。

敏感な場所を擦られる愉悦に、力が入らなくなったのか、美尻だけを置き去りに前のめりに潰れた。

「和香さんの極上おま×こ気持ちいいです。ぐずぐずにぬかるんで、すごく熱くて！」

「ひあうっ……そ、それは……和香のカラダに火がっ……つ、点《つ》いたから……」

潤滑《じゅんかつ》は充分なのに、膣襞が勃起にひどく擦れる。獣のザラついた舌で舐められているような感覚に、全身が溶けてしまいそうだ。

こらえきれなくなった大河は、ついに激しい抜き挿しをはじめた。

生贄《いけにえ》に捧げられた艶尻《つやじり》に、繰り返し腰ごとぶつける。

「あぁ、あ、んぁ、激しい……あ、あぁ、そ、そうよ突いて……和香のふしだらなおま×こをいっぱい突いてください……っ！」

悩ましい喘ぎを炎の如く吐く和香。覗かせる淫らな熟女の本性に、大河の頭の中で白い閃光が爆《は》ぜた。彼女への愛しさが膨れ上がり過ぎて、暴発した感じだ。

裸身を背後からむぎゅりと強く抱きしめ、再び唇を重ねて舌を挿し入れる。

肉感的な抱き心地を味わいながら、腰だけは動かしている。多少へっぴり腰気味になるのは仕方がない。ぎこちない動きも、その分だけ律動回数を稼げるはず。

ずっくずっくと背後から美熟女を犯し、その美肌の感触をたっぷりと味わいつくす。

勃起粘膜と膣粘膜がしこたまに擦れ、お互いがぞくぞくするような快感電流を甘受する。

「くふううぅっ……。あ、あなたぁ……感じます……んっく……ど、どうしましょう……。和香、はしたなくイッてしまうぅっ！」

大河の腕の中で、豊麗な女体がぴくんと痙攣した。さらに、びく、びく、びくんと派手な痙攣が続く。

断続的な痙攣は、その間隔を狭《せば》め、妖しいまでに昇り詰めていく。

それでもなお大河は歯を食いしばり勃起の抜き挿しをやめようとしない。

「すごいですっ……感じるところにばかり擦れています……ああ、奥にまでダメっ……気持ちよすぎてダメになっちゃいそうぅぅ！」

マシュマロのような尻朶《しりたぶ》に腰部を密着させ、ひき臼《うす》を回すようにぐりぐりと捏ねまわす。発情した女体は、子宮の位置を下がらせているため、勃起で奥を掻きまわすと、子宮口を鈴口で圧迫しながら擦れさせることができた。

「あはあぁ、響きます……。和香の子宮、ごりごりと擦られて……あはぁん」

白いうなじに唇を這わせ、背筋へと移動しながら、下半身では三浅一深の腰振り。大きく動かすための前菜代わりに、ぐずぐずになった畔畝《あぜうね》を短いストロークで掘り起こす。

「これで最後です。今度激しく動かすと、きっと……」

射精間近の肉茎がやるせなく疼きまくり、ビクンビクンと胎内でひくついている。

「あふぅ、で、射精《で》ちゃいそうなのですね……。膣内にください……。和香も欲しいのです。あなたの熱い子胤《こだね》が……。お願いですから子宮に呑ませてください」

白い首筋を捻《ね》じ曲げ美貌をこちらに向けて、射精を促してくれる媚熟女。そのパッチリとした目を淫靡《いんび》に細め、官能的な唇を半開きにした表情で、和香は妖しく求めてくれる。

「判りました……どろどろに熱くなった和香さんのおま×こに、僕の精子、たっぷりと注ぎ込みますね」

わざといやらしい言葉を媚熟女に浴びせ、その表情を覗き込む。はにかむような表情を見せながら和香も淫語を口にした。

「ああんっ……和香のおま×こが欲しがっていますっ……ここに注いでくださいぃ〜〜っ！」

はしたない言葉を吐くことで、さらに興奮するのだろう。しとどに潤った膣襞が勃起にひどくまとわりついてくる。体中の骨が溶け崩れてしまいそうな鋭い快感が、下半身から次から次に湧きあがる。

ついに大河は、己が欲求を満たすため、激しい抜き挿しを開始した。

「もっと、もっと突いてください。和香をめちゃくちゃにしてぇっ！」

遠慮も技巧もない荒々しい抜き挿しに、ぐんぐん射精衝動の潮位が増していく。

肉襞を裏返しにせんばかりの勢いが、淫靡な水音を呼ぶ。打ち付ける乾いた肉音は、スパンキングにも似て、男が本能的にもつ加虐的嗜好《しこう》を存分に満たしてくれる。

「あん、あん……あっ、はあんっ……」

牝《めす》啼きが艶めかしく掠れ、甘ったるい吐息が断続的に漏れ出している。あるいは、めいっぱい感じている艶姿を、大河の目に焼きつけておきたいと願うかのように。

凛としていたはずの美熟女が、己の肉棒にあられもなくよがり狂う姿に、大河の昂ぶりは振り切れ、射精衝動がいや増していく。

「あん……ガマンできない……もっと……もっと激しくしてぇ」

タガが外れたかのように、和香も艶尻を揺さぶりはじめる。媚熟女の本性を曝け出し、大河のストロークにあわせて、クネクネと細腰を揺さぶり、どっぷりと我が身を悦楽に浸していくのだ。

「ぐうわあ、和香さん、いいよ、いやらしい腰のうねり、超気持ちいい！　ああ、だめだっ、もう射精《で》ますぅ～～っ！」

パンと張った臀部ののたうちに、さらに興奮を煽られ、大河はついに射精態勢に入った。

怒涛のごとく突きあげ、結合部からネチャネチャ、ピチャピチャと粘着質な水音を露天に響かせる。

振り向いた和香の美貌が切なげにゆがむ。眉間に刻まれた皺《しわ》の官能美。わななく唇の風情。その表情のすべてが、大河の激情をどこまでも煽り立てる。

美肌に滲《にじ》む艶汗の匂いさえもが、大河の射精を促した。

「ぐわあぁっ和香さん……ああ、わかぁぁ～～っ！」

牝の本能が若牡の暴発を受け、膣を膨らませ子宮口を開かせた。食い締めていた膣孔が一気に緩む。射精衝動に肉傘をいっそう膨れ上がらせても、受精態勢を整えた媚膣はやさしく包み込むばかりで、再び喰い締めようとはしない。

「ああっ射精《だ》してください……はあっ、和香、もうだめですぇっ……あっ、イクっ……イグぅぅ～～っ！」

ぐいっと根本までぶっ挿し、子宮口を切っ先でグイッと押し込みながら下腹部を一気に弛緩《しかん》させる。途端に、濃い樹液が尿道を遡り、ぶるんと鈴口を震わせる。

「ぐわあああああああぁ～～っ！」

どくんっと飛び出した白濁液が、礫《つぶて》となって子宮口にぶつかる手応《てごた》え。

「きゃううぅっ！　ああ、イッてる。和香のおま×こイッてるのぉ……いいっ……ああ、イクの気持ちいい～～～っ！」

二匹の淫獣が、喜悦を同時に極めた。

やせ我慢にやせ我慢を重ねたお陰で、夥《おびただ》しい量の子胤《こだね》を放出した。

中々止まろうとしない放精の度、和香は艶めかしく喘ぎ、ビクンビクンと尻肉を痙《けい》攣《れん》させた。

「中出しって、物凄く気持ちいいのですね。ぞくぞくするほど興奮もします」

「もう、いやな人……。でも、いっぱい射精《だ》したのですね……。和香の子宮が溺れてしまいそう」

蕩けそうな表情で振り向いた媚熟女の唇を掠め取ると、大河は名残《なごり》を惜しむように、力を失いつつある肉棒を肉襞に擦りつけてから、ゆっくりと膣孔から引き抜いた。

第二章　媚熟女のおねだり

1

「ねえ。和香さんは、どこを突かれるのが好きなのです？　素直に教えてください」

ねっとりと美熟女の耳に舌先を挿し込みながら下方から軽く突き上げ、甘い呻きを掠め取る。

露天風呂での和香の教えに納得がいかないわけではないが、大人のおんなの方便に何となくはぐらかされたような気がして今一度訊いてみた。

「あっ、あん……。また、そんな恥ずかしいことを言わせようと……。あなたはもう和香の弱いところは知っているはずです……」

晩生な割におんな好きな大河は、情報過多で頭でっかちの傾向がある。

和香は、それを解きほぐすには経験することが一番と諭してくれた。

「知ってますよ。でも和香さんの上品な口から聞きたいのです」

言いながら大河は、今一度律動をくれてやる。

露天風呂で互いの肉体が絶望的なまでに相性がいいと知ったふたりは、そのまま和香の部屋へと移動した。

美熟女の上品さは、どうやら伊達《だて》ではないらしく、よほどセレブな階級に属しているらしい。その証拠が、大河の部屋よりもさらに上のランクのエグゼクティブスイートと呼ばれる部屋をひとりで使っていることだ。

けれど、キングサイズのベッドの置かれた寝室が、ふたつもついた豪華版のスイートルームを見て回るより、即座に和香の女体を貪ることを大河は選んだ。

真夏の蒸し暑さも高級スイートであればこそ、適度な室温に保たれ暑くもなければ寒くもない。

心地よいベッドの弾力を利用して、大河は非の打ちどころのない完熟ボディを飽きることなく求め続けている。

繋がっては抜いて、吐精しては舐めあい、また欲しくなり繋がった。

風呂場も合わせて都合五回の生中出しまでは覚えている。

以降は、わずかな休憩を挟んでは、また和香を抱き、あげく膣中に残したままの肉茎を半勃ちの状態で律動させ、抜かぬまま再開させたりするうちに、いったい自分が何度精を放ったのかも判らなくなるほどだった。

むろん、その間中、和香はイキ通しにイキまくり、成熟した裸身を汗まみれに光らせ、白いシーツを喜悦の潮でぐしょ濡れにさせている。

あまりに凄まじく乱れる己をひどく恥じらいながらも、盛りの付いた猿のようにやりたがる大河に奔放にカラダを開いてくれるのだ。

「いやな人……。ああ、でもあなたがお望みなら聞かないわけにはいきません……。いいわ。言います。和香が感じるのは奥の方……。Ｐスポットが一番感じます……」

大河の膝の上に跨《また》がりながら大股を開き対面座位で連なる美熟女。恥ずかしい秘密を明かした興奮からか、その湿潤なる女陰がさらにジュンッと潤った。

複雑にうねくねる肉畔がふしだらに蠢動《ぜんどう》し、大河の肉柱を舐めしゃぶる。

収縮自在の膣口がキュッと窄まり大河の愉悦を搾り取る。

「奥の方が感じるなんて、やっぱり和香さんは大人なのですね……」

Ｐスポットの〝Ｐ〟は、ポルチオの頭文字であり、すなわち膣の一番奥にある子宮口を指している。耳年増でおんな好きの大河だから、その知識はあった。

実際は、子宮口近くにある膣口から七センチ～九センチ程度入ったところにあるコリコリとした部分を言うらしい。

なかなか指などが届きにくい場所であることから、一般にそこは開発され難く、また、闇雲に刺激しても痛みだけを与える羽目になりかねないスポットなのだ。

そこが感じるということは、和香にはそれなりの経験があり、そこも開発済みであるということ。

「ああん、言っちゃいやです……。あなたより十歳も年上のおばさんをからかわないでください」

大人可愛いにもほどがある和香が、辱《はずかし》めれば辱めるほど艶《つや》を増していくことをこの数時間で大河は学んでいる。

「じゃあ、こんどはそのPスポットでイクのはどうです？　とは言っても僕一人では難しいようですから、和香さんが、自分でその気持ちのいいスポットに擦りつけてください！」

言いながら大河は、またしても腰をグンと持ち上げ媚膣に喜悦の漣を立たせる。

「あん……。そんな……。だから、和香は大河さんほど若くはないのですよ。こんなに何度も恥をかかされては、カラダが持ちません」

「だって、若さを武器にって教えてくれたのは和香さんですよ。時に、質より量が勝ることもあるって……。今夜は一晩中、有り余る僕の精力を全部和香さんが受け止めてくれると約束したじゃありませんか」

すでに夜明けは近い。今夜を最後に和香は、ホテルをチェックアウトする予定なのだそうだ。

大河も、「せめて、もう一晩でも」と、予定を伸ばすよう懇願したが、残念ながらどうしても都合がつかないそうなのだ。

だからこそ名残を惜しむように夜を徹して、大河は和香を抱いている。もしかすると劣情に負け、「もう一泊だけ」と美熟女が言い出してくれはしないかと期待して頑張っているのだ。

「わ、判りました。あなたのために和香は、もっとふしだらになります」

真っ赤にさせた美貌をこくりと頷かせてから美熟女は、ムッチリとした太ももに力を入れた。

大河の首筋に両腕を絡み付けながら、ゆっくりと持ち上げた蜂腰をくなくなと左右に振りはじめる。

探るような腰つきが、びくりと怖《お》じけると、途端に和香は細い首を亀のように天に突き上げた。

「ふひっ……！　あっ、はぁ……」

風呂場では後頭部にお団子に結ばれていた漆黒の雲鬢《うんぴん》は、いまは華やかに解かれ背中のあたりにまで垂らされている。

美熟女が背筋を背後に反らしたため、大河の脚を豊かな髪が撫でていく。まるで上等な筆になぞられているようで気色いいことこの上ない。

「当たっているのですね。僕のち×ぽの先が、和香さんのポルチオに……」

「あ、当たっています……。あなたのおち×ちん、大きいから……。わ、和香の一番気持ちのいい場所に当たってしまいます……」

大きなヒップが引き、臼の如くに大河の太ももをやわらかく舐めていく。

肉柱の付け根をきゅっと食い締め、それを中心にして淫らな円が描かれている。

コリコリとしたポコッと飛び出たものが、確かに切っ先に擦れている手応え。媚熟女の腰つきは、比較的穏やかなもので、決して闇雲に突きまわそうとしない。

「あううっ……。あっ、あん……痺れちゃうっ……。奥が痺れるの……。あはぁ……。ふしだらな腰つきなのは判っています。ああ、なのに気持ちいいの止められません……！」

恐る恐る擦りつけては、振動を与えているといった印象にもかかわらず、媚熟女はやるせない表情で襲い来る喜悦を味わっている。

いくらはしたないと承知していても、どんなに淫らであると自覚しようと、押し寄せる官能の波に溺れ、淫靡な腰つきを繰り返している。

「すごい、すごい、すごい。こんなに美しい和香さんが、超エロくなっている。僕のち×ぽに擦りつけて、こんなによがり啼くなんて……」

凄絶な色香を振りまく美熟女に煽られた大河は、上下に踊る媚巨乳を捕まえた。

堅く尖った乳首を指先に捉え、甘く擦り潰す。途端に、キュウンと媚膣が締まった。

切なげな表情で牝啼きする朱唇を、大河は情感に突き動かされ奪った。

「ふむう、あふう、むむんっ」

再び前のめりに落ちてきた和香のぽってりした唇を思う存分舐めすする。

「んふぅっ、激しい口づけ……むふぅぅっ……そんなふうに求められると余計に乱れてしまいます」

熱く口づけを受けながら美熟女の蜂腰が、しゃくるような動きへと変化する。

Ｐスポットとは反対側にあるＫスポットまで勃起に擦りつけるのだ。

「あん、あん、あん……。いいの。ねえ、いいのぉ……。このままではイッてしまうのに、淫らな腰つきを諦められないぃ……っ！」

二大絶頂スポットに擦りつける和香は、我を忘れかけているらしい。どんな時も丁寧であったはずの言葉遣いさえもが乱れている。

大河の首に回された腕にむぎゅりと力が籠《こ》もる。その癖、ふしだらなしゃくりあげだけはとどまることを知らない。

大河がべーっと舌を伸ばすと、和香が口を開け呑み込んでくれる。差し出された薄い舌に舌腹をべったりとつけあい、舌と舌を絡ませあう。

「ふおん、はあああっ、ふむむむっ」

漆黒の髪の中に指を挿し入れ、豊かな雲鬢をかき回す。甘く息苦しい中、時間がねっとりと押し流されていく。

「男に跨り、自分で気持ちよくなるなんて、和香さんはこんなにふしだらなんだね」

大河が仕向けたにもかかわらず、そう言って和香を辱める。

むしゃぶりついてくる女体の間に手を差し入れ、硬く尖りきった乳首を指で捩じあげてやる。ついに大河もたまらなくなり、和香の腰つきにあわせて小刻みに腰を繰り出した。

「あん、あん、あぁ、いいっ！　ねえ、おま×こ、気持ちいいっ！　イキそう……。

あぁ、和香、イッちゃうぅ～～っ！」

蜜腰を卑猥にしゃくりあげ、啜《すす》り泣く媚熟女。互いに息を合わせ、スムーズな律動でふたりの官能を高めていく。

ねとねとに濡れまくる膣壁が巨根に擦れ、ぐちゅん、ぶぢゅんっと、猥褻《わいせつ》極まりない音を忙《せわ》しく奏でた。

「あなたのせいです。こんなに凄いおち×ちんで一晩中責められたら、どんなおんなでもきっと……。あっ、あうぅ……っ！　ほ、ほら、その激しさが…あはぁっ！」

小麦色にやけた美貌を真っ赤に染め上げているのは羞恥ばかりではない。牝獣が牡《おす》を挑発するように豊麗な女体を発情色に染め大河の吐精を促しているのだ。

「あっ、あぁん……。あなた、好きです……。ああ、大好きなのっ……。おんなとして、こんな悦びを思い出させてくれたあなたですもの……愛してます……愛していますぅ～～っ！」

婀娜《あだ》っぽい腰を自らずり動かし、悩ましい媚巨乳を重々しく揺らしながら情感を謳《うた》いあげる。

適温に調整されているはずの部屋の空気が、まるで熱帯夜のようにまとわりついてくる。

噴き出す汗に全身を濡らし、肌という肌をピンクに染めた和香の艶美に大河は陶然と見惚れた。

女陰はうねりまくり、乳首はこれ以上ないくらいにまで肥大している。弛緩《しかん》した口元からは涎を垂らし、クリッとした眼は焦点《しょうてん》を合わせていない。あれほど上品であったおんなが、大河の腹の上でよがり痴れているのだ。

「和香さん。もうダメだ。こんなにエロい和香さんを見せつけられたら、何度も射精《だ》した僕だってもう持たないよ！」

大人のおんなとして成熟し、年相応に開発まで済ませていた肉体が、一度官能を綻《ほころ》ばせると凄まじい。

しかも、どういう理由かは聞いていないが、久しくその豊麗な女体を眠らせていたらしく、その反動の分だけ強く激しく、大河の肉塊に夢中になるようなのだ。

躊躇《ため》いながら、羞恥しながら、しかし激しく気をやる媚熟女に、大河も負けじと大量に放つ。吐精された若牡のエキスが多量であり、濃厚であるだけ、ますます和香はおんなを磨《みが》き、ついには自ら性悦を貪るほど大胆になっている。

大河にとっても、人一倍性欲が激しく、精嚢に有り余るほどの精子を溜めているため、目の前で爛漫に美を咲き誇らせる淫らな熟女に、何度も放てることは悦び以上の何物でもない。まさしく王様気分を味わいながら性の悦びを謳歌している。

「あぁ、ください。和香にあなたの精子をください。孕《はら》ませてほしいの……。和香を絶頂させながら孕ませてくださぃ……お願いですから！」

ついには孕みたいと懇願する和香に、大河のリミッターが外れた。

熟女の言葉が本気であることを裏付けるように、媚膣が襞《ひだ》をねっとりと絡み付け、獰猛《どうもう》な甘さで崩壊を促してくる。あつらえたように隙間なく肉塊を締め付ける巾着《きんちゃく》が、まるで処女のようにきつく喰い締め大河の精を搾り取ろうとしている。

牡汁を吸うために降りてきた子宮口が鈴口に覆いかぶさり吸い付いている。コリコリと当たる感触とバキュームされる感覚で、射精衝動が轟音を立てて近づいた。

「じゃあ、本気でおま×こ突きまくるよ。最後の一滴《いってき》まで膣出ししますからね！」

宣言するや否や大河は、腹筋の力だけで上体を起き上がらせ、勢いそのままに媚熟女をベッドに仰向けに横たえさせた。

器用に足を女体の下から引き抜き、勃起を退《しりぞ》かせることなく正常位に移行すると、今度は和香のすらりとした両足首を捕まえ、大股開きに開かせた。

激しく動かしやすい体勢を取ると同時に、またもや和香の羞恥を煽っている。

「あん、あん、ああん……深いぃっ……ああ、底が抜けちゃうぅ……！」

Ｖ字開脚に突きこむように、立て続けに律動を送り込んでは、覚えたての奥のスイートスポットに擦れるように腰を捏ねまわす。

びくん、びくんと女体が小刻みに震えているから媚熟女はすでに数回イッている。大河の陰毛がぐしょ濡れになるほどの夥《おびただ》しい蜜液が、その割にはさらさらとしているのがその証しだ。本気汁を吹き零し、受精態勢を整えているのだ。

「ぢゅっ、ちゅぱっ、ぢゅびび、ちゅぱっ……ああ、和香のおっぱい美味しい……このおっぱいを吸いながら射精《だ》しちゃおうかなぁ……」

硬締りに肥大した乳首を口腔に吸い付けると、媚熟女も胸を反らし、まるで大河に授乳させるように、口元に自らの乳房を押し付けてくる。

大きな質量の乳房に溺れながら腰を捏ねまくる大河。潤《うる》みきった膣襞は、それでも牡汁が欲しいと甘さ限界に食い締めてくる。

「ああ、この体位でされると、膣中がいっぱい擦れて……くふっ……あぁ、いいっ！　おっきいのが来ちゃうっ！」

歓喜にむせぶ媚熟女が、むぎゅっと大河を抱き寄せてくれるから、豊麗な乳房に溺れて窒息しそうだ。それでも根元まで叩き付けるようにして律動を繰り出すと、悦びの余り女体のあちこちに艶めいた痙攣が起きた。

「ぐぶふふぅ……。危ないよ、和香のこのおっぱいは凶器だ。溺れて死んじゃいそうになる！　ああ、だけど、おっぱいに溺れるの、しあわせすぎて射精《で》ちゃいそうだよ……っ。ねえ、このまま射精するから、ちゃんと孕《はら》んでね！」

奔放にイキ乱れる媚女に、ついに限界の見えた大河は、最後の律動を加えようと、和香の美脚をM字に折り畳み、その蜂腰を浮き上がるように持ち上げた。

瞳を潤ませて、すっかりおんなになっている媚女に、大河も興奮しきり、夢中で激しく腰を振り、ぱっくりと開いた濡れま×こに、己が勃起を抜き挿しさせる。

「ください。和香の膣中に射精《だ》して……。たくさんの子胤《こだね》を和香の子宮に……」

「くぅぅぅぅっ！　和香さんっ！　愛してる。大好きだよっ！　和香ぁ〜〜っ！」

ひりつくような切羽詰まったような感覚に駆られ、大河は鈴口を奥深くに沈め暴発させた。

肉壺から掻き出した蜜液の代わりに、自らの牡汁をどぷんどぷんと注ぎ込む。

脈動する肉柱を、細かい襞が気持ちよく扱《しご》いてくる。肉襞が絡むたびに、驚くほどの痛快さで精液塊が膣奥に飛び出していく。

「ほうぅぅぅっ！」

灼熱の白濁を子宮口に浴びた和香も、はしたない悦声をあげ、全身に走る喜悦の電撃にぶるぶると慄《ふる》えている。

媚肉の締めを緩め、精子の着床をしやすくする。

「うふぅっ！　す、すごいの……。和香のおま×こに欲しかった子胤《こだね》がいっぱい……ふあ、あぁっ、イクっ！　イグぅぅ〜〜っ！」

灼熱の牡汁に子宮を焼かれ和香の官能が一気に飽和した。

上品であったはずの媚熟女が牝の幸福を味わい、陶然としたイキ貌を晒している。

白いシーツの上、絶頂の断末魔にのたうつ裸身。滑らかな腹が激しく波打ち、天井を向いた乳首が激しい鼓動に上下している。

組み敷いた女体の悶絶が生々しく大河にも伝わってくる。

去りきらぬ悦びの熱に浮かされながら、ふたりは唇を重ねる。

気だるくも物憂い、愛戯の後のひと時を抱き合いながら分かち合ううち、またしても大河の分身が膨らんでいく。

「ああ、まだできるのですね……。もう空が白みかけています……。いいですよ。このまま時間まで、お相手させていただきます。その代わり、どうか、たっぷり可愛がってくださいね……」

その逞しさに羨望の眼差しを向ける和香が、大人可愛くも色っぽく、愛嬌を振りまいてくれた。

2

「あああ。和香さぁん……。畜生、和香さん、いいおんなだったなあ……」

ビーチに設置されたリクライニングチェアに身を横たえ大河は、悶絶と共に無念の溜息を吐いている。

半ばどころか、ほぼ一〇〇%本気で惚れた媚熟女は、結局、予定通りホテルを引き払ってしまった。

明け方になり、いつの間にか眠っていた大河。フロントからのモーニングコールでようやく目覚めた時は既に昼近くで、もうそこに愛しい媚女の姿はなかった。

慌てて部屋を探してみたが応接セットのテーブルの上に、「ありがとう」と綴られた書置きが残されているばかり。

和香らしい几帳面な文字が、束《つか》の間《ま》の恋の終わりを告げていた。

こんなことなら彼女の連絡先を聞いておくのだったと後悔しても後の祭り。ムリを承知でコンシェルジュの由乃にアドレスを訪ねたが、当然のように「そればかりは個人情報ですので……」と断られた。

「宇佐美様は、よほどのご用事でやむにやまれずここをお立ちになられたのだと思います。王様はお疲れだから起こさないようにと、お部屋の延長料金まで支払われていきました」

由乃からそう教えられ、ようやく大河にも諦めがついた。

振られたには違いないが、愛されたことも事実だと悟ったからだ。

「あぁ、にしても和香さぁん。きちんとお別れも言えないうちに行ってしまうなんて水臭いよ」

寝過ごした非が大河にあることを忘れ、恨み辛みを口にしている。それほど和香の魅力にやられていたのだ。

失恋と呼ぶにはあまりに刹那な恋であったが、人を愛することを時間では測れない。うたかたの恋も百年の恋も尊さに違いなどないのだ。

だからこそ大河は本気で和香を愛したつもりだし、和香もまた大河を愛してくれていた。それが儚《はかな》くも破れたのだから痛みがない方がおかしい。

目には見えなくとも、どくどくとハートから血が流れているような心持ちだ。

バカにつけるクスリはないらしいし、恋の病は草津の湯でも治らないそうだ。

大河の場合、バカであり失恋までしているのだから致命傷と言える。けれど、それを癒す唯一の特効薬は、恋なのかもしれない。

「そうだよ。こんなにバカみたいに天気がいいのに、落ち込んでいたって仕方がない。ビーチにはこんなに美女が転がっているのだしさぁ……」

込み上げる寂しさを拭い去るように、大河は辺りを見回した。

その言葉通りビーチには、眩いばかりの美女がくつろいでいる。しかも、相変わらず大河を意識して熱視線が送られている。

「確かに自分がおんな好きのむっつりスケベだと認めるけど、こんないい加減なことばかりしていると、そのうち天罰が当たるかも……」

そんなことを想いながらも、好みのおんなはいないかと目を皿のようにして探している。

和香とのことだって考えようによっては、天罰のようなものであったのかもしれない。初めに見染めた由乃のことだけを一途に想っていれば、こんな痛みを味わわずに済んだろう。

けれど、後悔はしていない。苦しくて、寂しい想いはしているけれど、それ以上のものを和香は与えてくれたのだ。

「うん。そうだよ。だから、これ以上落ち込むのはやめにするんだ。罪悪なんて考えずに、いまを愉しむことだけに集中しよう……」

都合のいい考え方かもしれないが、そうとでも考えなければ、やるせなさにいたたまれなくなりそうだった。

「そうよ。せっかくの王様なのだからいっぱい愉しいことをしなくちゃ……」

ふいに掛けられた言葉にハッと振り向くと、リクライニングチェアの脇を独りの美女が通り抜けていく。

通りすがりに大河の言葉を聞きつけ、投げ返してくれたセリフは、由乃にも言われたのと同じもの。

「ま、待って。だったら僕とどう？　愉しいことしようよ！」

そのまま通り過ぎようとする美しい背中に、とっさに大河は声を掛けた。

見事なまでに挑戦的な腰高のお尻が、ぴたりと止まり、くるりとこちらに振り向いた。

こんがりと小麦色に肌を焼いた健康そうな女体は、美しく均整が取れている。好ましいのは、そのホットな女体をあからさまに全て晒すことなく、水着を華やかなパレオで包んでいることだ。

その美貌は、和香や由乃とは正反対のエキゾチックさで、外人とまでは言わないまでも、ハーフのような雰囲気を持っている。

整ったクールな顔立ちでありながら甘さも感じさせるハーフビターの美女だ。

「あら、この王様はとっても面食いで、なかなか誘いにも乗らないという噂だけど、私なんかでいいの？」

華やかである分、派手さもあって、大河の好みとは微妙に違うものの、そそられることは確かだ。

失恋の寂しさに、半ば自棄《やけ》になって彼女をナンパする気になっている。

「いいも悪いも、君みたいな美女が相手をしてくれるなら……」

どう誘えばいいのかも判らないから思ったことをそのまま口にしている。

「うふふ。じゃあ、しちゃおうかぁ……。ねえ、どこでするの？」

まさか、こんなにも容易く成功するなどと思っていない大河だけに少し焦った。

「ど、どこでって。いいの？　僕のことよく知りもしないうちに……」

これほどの美女が、即物的に大河を受け入れてくれそうな勢いなのだ。目を丸くして驚かずにいられない。

「あら、自分から声を掛けておいて、そんな面倒なことを言うの？　愉しみたいんじやなかったの？」

ツンと唇を尖らせて拗ねて見せる彼女に、即座に大河は白旗をあげた。

何ともその仕草と言い草がカワイイと感じられたのだ。

「ごめん。ごめん。じゃあ、あっちへ……。いいところがあるはずなんだ」

大河はその彼女をビーチの陰となる岩礁の裏側へと誘った。

次々に誘いに来る美女の一人が、人目につかないおあつらえの場所があると話していたのだ。


「ん、んふぅっ……。こんなところで、するのはじめてっ……。いくらなんでも、恥ずかしい……」

くるぶしまでを水際に浸し、岩礁に手を突く彼女の背筋を舐めまわす。

真夏の太陽に日焼けした浅いくぼみに沿って、つーっと舌を這わせる。

少し塩辛いのは、海に浸かったせいだろう。

同時に、ふっと息を吹きかけると、快感の粒子がぷちぷちと肌に沁みるのか、がくんと美貌《のぞ》が仰け反る。

「はうん！　んっ、んくぅ……っ」

辺りを憚り、唇を噤《つぐ》む美女。押し寄せる波音が、大概の音を打ち消してくれても、恥ずかしい声を漏らせずにいる。その唇を何とかほつれさせようと、大河は手を前に回し、花柄のパレオごとふくらみを鷲摑みにして揉みしだいた。

「ん、んふぅ……っくふ……ああ、おっぱいも感じる……。そ、外でしてるのに、感じてる……っ」

「外でするから感じるのでしょう？　新鮮な感覚がよけいに感じさせるのだよね」

彼女の口調では、青姦は初体験であるらしい。潮の香りが、スリル感を刺激し、滑らかな牝膚をより敏感にさせるのだ。

大河も熱い血潮が滾り、汗が額にふつふつと噴き出している。

「んふぅっ……っく……ん、んふぅん……」

ぐにゅんぐにゅんと、心地よい反発とやわらかさを堪能してから、その吸いつくような肌の触り心地が恋しくなり、パレオの裾から指先を滑り込ませる。

「あんっ！」

大河より少しばかり年上であろうハーフビターな彼女も、青姦の心もとなさに、恥じ入るように身を硬くしている。それでいて敏感な肌を粟立て、大河の送り込む官能を味わうのだ。

「うふぅ……あんっ……あうっ、っくぅ……」

滑らかな乳肌に掌底を擦りつけ、指と指の間を肉が埋めるほどに強く揉み潰す。手ごろな大きさが心地よく反発して手指性感を愉しませてくれる。ほころびはじめた乳首を手中に転がし、たっぷりと弄んだ。

「ああ、おっぱい、やらかい。おんなの人のおっぱいって、どうしてこんなにやわらかいのだろう」

夢中で、掌を開いては閉じ、捏ねまわしては擦りつける。

ショートヘアから漂う甘い香りを嗅ぎながら、その首筋に唇を張り付ける。舌先でチロチロとくすぐることも忘れない。

「あはん、あ、あぁ……気持ちいい……こんな風にされたら、欲しくなっちゃうじゃない……」

成熟した女体ならではの反応が愉しい。

あれほど鬱々《うつうつ》としていたのにもかかわらず、おんなの柔肌はいともたやすく大河を高ぶらせてくれる。

「ねえ、この邪魔なものを外していい？　締め付けから解放されると、もっと開放的になれるでしょう？」

言いながら大河は、背後からパレオを剝《む》き取り、乳房を覆う背筋のホックも外した。

「え、だ、ダメよっ。こんなところでは誰に見られるか……」

確かに、彼女が危惧《きぐ》する通り、岩礁の陰とはいえ、誰の目に止まるとも限らない。

けれど、そのスリリングな危うさが、さらなる快感を呼ぶのだ。

もしかすると、普段の大河であれば人目を憚《はばか》り、ここまで大胆になれなかったかもしれない。

「大丈夫。このゴージャスなカラダなら誰に見られても恥ずかしくないでしょう？　それにほら、愉しいことをするにはこれは邪魔だよ……」

恥じらう美女に加虐的な気分を刺激され、下腹部を覆うビキニにも手をかけた。

あっという間に、生まれたままの姿に剝かれた美女は、想像以上に神々しい素肌を水際に晒した。

水着に覆われていた部分の肌の白さと、小麦色に色づいた肌のコントラストが、ものすごく色っぽい。

「小麦色の肌とおっぱいの際立つ白さで、すっごくエロい！」

あえて辱める言葉を浴びせると、愛らしい耳が真っ赤に染まった。

「いやっ。言わないで……。恥ずかしいのに、私、どうしよう興奮しちゃう……」

身を捩り恥じらう彼女の背筋に、ちゅちゅっと唇を寄せる。

手指は、内股の特にやわらかいところを彷徨《さまよ》わせる。

「あうっ！　どうしよう、いつもより肌が敏感なの……」

か弱く首を左右に振りながら、ビクンとカラダを震わせている。辱めという名の愛撫を受け止める女体には、被虐美さえ漂う。

「すべすべの肌を触っているだけで気持ちいい……。背筋でさえ甘い……」

唇を這わせながら美肌を褒めると、それがうれしいとばかりに、びくびくんと女体が震える。

羞恥に火照《ほて》らせた肌は、その分だけ敏感になるらしい。積極的にこちら側に美尻を突きだしては、強張《こわば》りはじめた大河の下腹部をくすぐってくる。

その蜜壷から滲みだした愛液が、ピチピチの太ももにまで滴っている。

「あぁっ。蜜が零れている。いま僕が、栓をしてあげるね」

ハーフビターな彼女のあられもない乱れ様にたまらなくなり、大急ぎで自らの水着をずり下げ、硬直させた肉塊を空気に触れさせると、その切っ先を彼女の膣口にあてがった。

亀頭を熱いヌメリに擦りつけ、しとどの潤いを切っ先にまぶす。

「あはぁっ！」

擦れあう粘膜に、弾《はじ》かれるように彼女の背筋が仰け反った。

委細《いさい》構わず大河は、亀頭部を裂け目の中に埋めこむ。

「ほうぅぅぅっ！」

肉塊がぐちゅりと狭い膣肉に挟みこまれるのを感じると、そのまま奥を目指し、ぢゅりゅるるるっと押し込んでいく。

うねくる肉襞《にくひだ》に亀頭粘膜が擦れる快感。肉幹をやわらかくもきつく締め付けられる喜悦。青姦の興奮も相まって、凄まじい官能に導いてくれる。

「ぅおぉっ……ぐふううぅっ！」

大河は呻き、小麦色の背筋を掌で撫でた。

和香のそれと比べ、彼女の膣肉の締め付けは弱い。女陰のうねくりも和香の方がより繊細で複雑だった。何より、カズノコ天井のあのヤバさ。挿入するにつけ余命を削られるようなざらつきが彼女にはない。

あれほどの名器と比べる方が、可哀そうなのかもしれない。

ただ彼女の膣孔は、確実に和香の媚肉よりも体温が高い。湿潤さも彼女の方が上回っているかもしれない。

加えて、彼女にはM属性があるらしく、その被虐美が大河の興奮をいたく煽る。

喰い締められる焦燥にも駆られ、大河は腰を揺すりはじめる。

「ううん……っくぅ……はっく……あふぅぅぅっ」

苦しげな吐息を漏らしながら、彼女もまたサテンの光沢を纏う細腰をうならせ、自ら大河に押しつけてくる。

「うん。なかなかに気持ちのいいおま×こだね……。慣れてくると中の襞がねっとりと絡みついてくる……」

甘く囁きながら、背中のあちこちに唇を押し当てる。

彼女の女陰は下付きであるだけにバックからの交わりにはおあつらえ向きだ。

大河の律動に応えるように肉襞がすがりついては、甘く肉柱をくすぐってくれる。

「んふぅ……んっく……お、大きい……おち×ちん、とっても硬くて、大きい……奥まで擦れて……痺れちゃうぅ〜〜っ！」

互いの性器をぶつけあい、肉体を擦りつけ合うふたり。波音をメトロノーム代わりにした肉の律動は、一瞬たりともずれることがない。

「ああ、いいよっ……。突けば突くほどほぐれてくるようで、気持ちいいっ！」

前屈みに釣鐘型に変形した乳房を背後からすくい取り、遠慮会釈なく揉み潰す。

強揉みしても、喜悦の走る女体には全てが快美と感じるらしい。

その証しのように嚙み結ばれていた唇がほつれ、甘い声を吹き零している。

「あはん、あ、はぁ……凄いの…ねえ、凄いっ！　あっ、あっ、あぁぁ……」

乳房の真ん中で硬くしこる肉蕾を指先に捉え、くにくにと捻《ひね》り転がす。さらに大河は、腋下に舌を伸ばした。

「あぁん、そんなとこ……あはぁ、ゃあん……っ！」

乳首と敏感な場所を同時に責められた美女が、下半身をうねらせながら羞恥を訴える。

すべすべの乳膚から彼女の心臓のドキドキがダイレクトに伝わる気がした。

「はぁ、はぁ、はぁ……あはぁぁあっ……だ、ダメよっ……そんなに恥ずかしいところばかり、舐めないで……」

腋の下は、おんなにとって恥部のひとつであるのだろう。

「だって、ここ、すごくいい匂いがするから……。とってもやわらかで、おま×こを舐めているみたいで……」

見せる見せないの境界があいまいであるだけに、よりそこにおんなの羞恥が集約されている。

それを承知せぬままに大河は舌を硬くさせ、窪みに押し込みレロレロと動かしている。

「あううぅっ……うふぅ、ふあ、あ、ああん……」

羞恥と悪寒、さらにはくすぐったさもあるのだろう。それらの感覚が混然一体となった時、彼女の中で化学反応を起こし、あられもないまでの悦楽の声を搾り取ることができた。

「ぐふううう……。そんなに腰を捩るとち×ぽまでが捩れちゃうよ……っく、膣中で擦れてたまらない！」

時に乳房に気を取られ、時に腋の下を啜りながらも、大河の腰は不規則に揺れている。

五回浅瀬を擦り、ひとつ奥を突いたかと思えば、三浅一深のリズムで抜き挿しさせ、甘い嬌声を搾り取っている。

「あ、ああ、いいっ！　はうん、お、奥ぅ……あぁぁ、そんな……うぅっ、こ、今度は浅い所なの？　あぁ、また、奥の敏感な所にあたっている……」

熱い快感電流を浴びて、ぐいっと背筋が伸びてきたところを、大河はその耳の穴に舌を挿し入れ、くちゅくちゅと舐めまわした。

「ひうぅっ！　だ、ダメぇ、そんなところぉ〜〜っ！」

びく、びくんと派手に女体を震わせる艶めいた反応に、昂ぶった大河は胸元に回していた手につい力を込めてしまった。その相乗効果で女体の反応がさらに激しいものとなった。

「あああああぁ！　いやん！　イ、イクぅ、あぁ、イっちゃうぅッ……あっ、あっ、あぁぁ……っ！」

蜜壷の奥にまで挿し込んである肉棒が、上から下までくまなくギュッと締めつけられた。途端に、凄まじいまでの悦楽に包まれ、一気に射精衝動が呼び起こされる。

青姦の激しい興奮にもここまで余命を保てたのは、明け方まで和香に射精し尽くしていたからだろう。

それもこれまでとばかりに、絶頂に呑まれ動きを止めた彼女のカラダを背後から抱き締め、その耳朶《みみたぶ》をやさしく甘噛みし、硬く尖った乳首を手指の間で揉みほぐし、下半身全体を前後に揺すり、兆した艶女体の官能をさらに揺さぶる。

「ああん、うそっ！　いまはダメっ。私、イッたばかりで……ううっ、本当にダメ……壊れる……ああ、イクぅっ……またイクッ……やぁあああああ！　あっ、あっ、ああ、イクぅう、イクぅぅ〜〜っ！」

均整の取れた肉体が、ガクンガクンとエンストを起こしたクルマのように、大きな痙攣を起こした。しかも、度重なる絶頂に、女体の全てが敏感な性感帯となったらしく、どこをどう触っても、どこに唇を触れても、どう揉みしだいても、ビクン、ビクン、と面白いように派手な反応を見せてくれる。

「あうううっ……ま、またイッてる……。イッ、イッているのに……あ、あ、ああっ、イクの止まらない……ああ、また……イクっ、あぁ、イクぅっ！」

「僕もだよ……僕もイクっ……ぐおおおぉ、で、射精《で》るよっ！　ああ、射精《で》るううううっ！」

あまりにも淫らなイキ様に興奮を煽られ、大河もまた絶頂へと駆け上がった。

雄叫びを上げながらパンパンと媚尻にせわしなく打ち付け、射精発作が起きる寸前、鈴口と子宮口を熱く口づけさせると、多量の精液を放出させた。

どくんどくんと白濁液を打ち放つたび、膣柔襞がざわざわと蠢いた。大河の子を受胎せんと、子種を子宮口に導く動きだ。

「ほうううっ。んんっ、んんっ、んんっ……ああ、熱い精子が、お腹の中、いっぱいに拡がって……。あはぁ、温かくって、しあわせな気分……」

大河も初めての青姦に、よほどの興奮状態にあったと見えて、二度三度と夥しい精液を打ち放っては、子宮口に命中させる。

その度にハーフビターのゴージャスボディが反射的に大きく震える。

互いの動きが完全に止まり、それまでの喧騒と熱気が冷めるまで、ややしばらくの時間を要するほど、二人は高く昇り詰めた。

3

ひと時の情事を終えた大河は、再びリクライニングチェアに身を横たえている。

相変わらず太陽は、まるで我こそは王とばかりに、我が物顔で暴君のように振舞っている。

「あちいなぁ……。ダルダルに溶けちゃいそうだ……」

昨夜から射精し通しでありながら、その言葉ほどの疲れを感じていない。

未だ新陳代謝が激しく、やりたい盛りにあるから、空《から》になったしわ袋の牡汁もすぐに充填《じゅうてん》されそうだ。

とはいえ、射精して間もないために、いまはしばし賢者タイムに突入中だ。

「そうなんだよ。精力旺盛すぎるのが問題なのだよなぁ……」

散々気持ちよくなっておきながら、侘《わび》しいような虚《むな》しい気分になっている。

せっかくのチャンスなのだ。せめてここにいる間は、シャイは捨ててバカになろう。マイナス思考はやめにしようと、しっかりと決めたはずなのに、またぞろ頭がそちらに向かっている。

大河の想像以上に、自分にばかり都合がよく、かつ気持ちのいいことばかりが続くから、あとから大きな反動が来るのではないかと怖いのだ。

これまでの人生、それほどの経験を積んできた訳でもないのだが、なんとなくラッキーが続いた後は、悪いことが起きることが多いように思われる。

「ってことは、さっきの子とエッチした反動も起きるのか？」

思えば、和香が去ってしまったことも、その反動の一つと言えなくもない。

「いや、いや、いや。だから、それがマイナス思考だって……。僕は強運の持ち主なんだ！　最高の幸運を引き当てたからここにいるんじゃないか……！」

これまではクジ運ばかりが強い大河だったが、今回ばかりは物凄い大当たりを引き当てた自覚がある。

例え、ここで人生における全ての運を使い果たしたとしても、悔いが残らないほどの大当たりを。

とは言え、この運もここにいる間だけと限られている。ならば、こうしてムダに時間を過ごしていいものか。

「そうだよ！　賢者タイムとか言ってる場合じゃないんだ……」

ようやく思い当たった大河に、クスクス笑いが降り注いだ。

「えっ？」

大河には、思っていることを独り言に載せてしまう悪い癖がある。

愉しそうな笑い声に、慌てて身を起こすと、足元には思いがけず由乃の姿が。途端に大河は言葉を失った。

彼女が、その小柄な女体をカラフルな水着で覆っていたからだ。

あからさまに見るのは失礼だと判っていながら、まるで目が離せない。

コバルトブルーを基調とした鮮やかな水着は、アラベスク模様があしらわれたビビッドなホルターネックのビキニ。下半身を同色のパレオで覆いセクシーなこと極まりない。

あれほど気だるく過ごしていた大河が、瞬時に胸をざわめかせ、そわそわとしてしまうほど。

細い肩、綺麗に浮き出た鎖骨、キュッと引き締まったウエスト。小柄なことを差し引いても、申し分ないどころか雑誌のモデルが飛び出してきたようなスタイルのよさなのだ。

むろん大河の目を惹くのはその胸元だった。白い裾野がひろがり、豊麗なふくらみをなしていく。その深い谷間の悩ましさ。丸い円を描いたフォルム。どこの角度からどう切り取っても美しいことこの上ない。

(ものすごく綺麗だ……。あれは絶対にパッドなんて入っていない……!)

そのサイズでも和香のバストより一回り以上大きく、見事なまでの美巨乳なのだ。きっちりした制服姿とのギャップたるや凄まじいにもほどがある。

大河はごくりと生唾を呑んだ。喉が渇き、体中の血液が一気に沸騰するのを感じた。目の前で美しく張り出した媚乳に、股間が水着の下で熱く猛っていく。

「いやですわ。島村様。そんなに見ないでください」

大河の視線を感じたのだろう。由乃は恥ずかしそうにバスタオルを肩から羽織った。スレンダーな女体を捩り、両腕を胸の前に交差させたため、谷間が強調されるようにムギュリと押し出され、よけいに美巨乳が悩ましく隆起を増す。

「おおっ!」

思わず漏らした感嘆に、その美貌が真っ赤に紅潮した。

「もう、島村様のエッチ……。そんなに胸ばかり見ないでください」

恥ずかしそうに背を向けてしまった由乃に、密かに大河は安堵した。

さっきの独り言をどこまで聞かれてしまったものか気になっていたのだ。この分だと、とうに忘れているだろう。

にしても、どうして由乃がここに。しかも、水着姿でいるのか。

実際のところ、由乃にだって休日はあるだろう。その時間をビーチで過ごすのも不思議なことではない。なればこそ、わざわざ貴重なオフタイムに、何を好き好んで客である自分のもとを訪れるのかが判らない。

「由乃さん。どうしてここに？　水着姿であるところを見ると休みなのでしょう？」

大河は、その疑問をそのまま彼女にぶつけた。

「は、はい。午後からオフです……。でも島村様がしょげていらしたから……。宇佐美様からも、元気づけてあげて欲しいと言い付かっていましたし……」

そういうことかと合点がいった。

ホテルのスタッフは、主な役割を決められている。けれど、夜のフロントは交代制でシフトして運営されているのだそうだ。

特に、由乃のようなコンシェルジュの役割は、客からの要望がなければ、手の空くことも多いのかもしれない。必然的に、フロントを手伝うことも多いのだろう。

和香のチェックアウトの応対も由乃がしたらしい。その折に、和香は由乃に大河のことを託したらしいのだ。むろん、和香には、大河が由乃に求愛したことなど知る由《よし》もない。偶然ではあったが、大河としては和香に感謝してもしきれない。

こんな自分をそこまで愛してくれて、気遣ってくれたのだから。

「島村様は、素敵な女性を見染めましたね……」

由乃にそう言われると、何となく浮気を咎《とが》められたようで、複雑な気もするが、それでも大河は素直に「うん」と頷いた。

「そっかあ、和香さんがねえ……。で、由乃さんは、どう僕を元気づけてくれるのですか？　確かに由乃さんの水着姿を拝めただけでも元気になれるけど」

こちらを盗み見るように大河の様子を窺う由乃に、わざとニッと笑って見せる。

「どうって……。誰かと一緒に過ごすだけでも気が紛れるかと思っただけで……」

照れたように身を捩る由乃が、やけにカワイイ。

彼女がカラダを揺すらせるにつれ、乳房がゼリーのように形を変えて揺れる。コバルトブルーのビキニのトップは由乃の乳房をしっかりとホールドしているはずなのにだ。

（ああ、由乃さんのおっぱい……。触りたい！　邪魔な水着をどけて見るだけでも……！）

まるで思春期の少年にでも戻ったような欲求。それほどまでに由乃の乳房は魅力的だ。

「だったらね、由乃さん。オフなのですから、そのお客様に対するような口調はやめにしません？　ついでに島村様ってのもやめて、大河とか、大河さんとかって呼びましょうよ」

いい雰囲気になりかけていることに勢いづき大河はそう提案した。

「そ、そうですね。じゃあ、大河さんで……」

大河の希望通り名前で呼んでくれた。それだけで一気に距離が近づいた気がする。

「ああ、いけない。私、日焼け止めを塗《ぬ》るの忘れていました！」

唐突に思い出した由乃が叫んだ。

ホテルでは、とてもしっかりしているように見えた由乃だったが、こうして接してみると意外に天然であるのかもしれない。妙なところでおっとりとマイペースだ。

肩に下げていたビニール製のトートバッグの中身をわざわざ砂の上に置いて探りはじめる由乃。そのお尻を大河は陶然と見つめた。

下腹部をパレオに覆われているが、巻き付けたスリットから時折垣間見える白い太ももと流麗な長い脚は見事としか言いようがない。

特に、その太ももの官能美には凄まじいものがある。

大人っぽくムチッとボリュームにあふれていながら、決して太い訳ではなく、むくみひとつすら見当たらない。さらにはピチピチとした瑞々《みずみず》しさも残されている。

どうしてあれほどの美脚を由乃がパレオで隠しているのか気が知れない。

（もしかすると、お尻にコンプレックスでもあるとかかなあ？　パレオに隠されていても凄そうなの判るものなぁ……）

背後から見ると由乃のプロポーションは、まるで楽器のようだと知れる。チェロの如き優美な肉体の曲線がたまらない。それぱかりではなく、太ももとの境界線のあたりから、洋ナシさながらにぶりんとお尻がこちら側に盛り上がっている。

（おっぱい同様にお尻も大きく実っているよなあ……。それでいてだらしないどころか、ピッチピチなのだから由乃さんのプロポーションは奇跡なのかも……）

大きいには大きいが、きちんと引き締まっているからそういう印象になるのだろう。

飽きることなくうっとりとその背中を見つめながら、そんな分析をする。

前屈みになりトートバッグからサンオイルを取り出そうとする由乃の所作《しょさ》などは、

殺人的な光景だ。

この瞬間ほど、色っぽい由乃を見たことがない。

むろん、大河は、由乃のことを色っぽい女性と認識している。

女性らしいやさしさや心配り、その容姿端麗《ようしたんれい》さなど、一つひとつが強力な彼女の魅力なのだが、中でも由乃が何気なく発する色気、セクシーさは大河の異性へのアンテナにどストライクにハマッている。

だからと言って由乃は男に媚を売るタイプではない。むしろ凛と自立している印象が強い。

にもかかわらず、彼女からはナチュラルな色気が感じられる。

本能に働きかける色気というか、天然のというべきか。

例えば、しなやかでやわらかなカラダとその動き。動いたり止まったりする瞬間、カラダを斜めにしたり、ひねったりする動きに、そこはかとなくたまらない色香が漂う。

まさしくいまこの瞬間の、足元のトートバッグからオイルを取り出そうとする動きがそうだ。

子供がするようにお尻をすとんと落としてしゃがむのではなく、膝を伸ばしたままグッとカラダを前屈させている。小柄ながらも由乃は腰高で、驚くほど脚が長い。その美脚が引き立つポーズを自然に身に着けているのだ。

パレオ越しに、すっと太ももからヒップにかけての美しいラインが現れる。さらには背中から伸ばした腕にかけてのしなやかなカーブが、ひどく色香を際立たせている。

大河がうっとりと視姦するのに気づいているのかいないのか、由乃はボトルから鉤《かぎ》状にした掌にオイルを出すと立ったまま細い肩のあたりから塗り付けていく。

「油断しちゃいました。日に焼けるとすぐに赤くなってしまうのです」

人一倍色白の由乃だから日焼けに弱いのだろう。

ツーッと細く長い指が滑っていくと、さらに絹肌が光沢を帯びていく。ただでさえ透明度の高い肌がピカピカに眩しく輝く。

優美な所作は、デコルテにかかるホルターネックの下にも指を差し入れ、ついにはその胸元にも及ばせる。

優美な手つきが、美肌をオイルまみれに艶々と煌《きら》めいていく様は、見ているだけで大河を興奮させる。

そんな視線に由乃が気づき、やや下膨れ気味の頬をポッと赤らめた。

クールな美貌が、急にあどけなさを際立たせ、大河をきゅん死寸前に追い込む。

「あん……。大河さん、あんまり見ないでください。恥ずかしいじゃないですか」

照れた表情も、ひどくカワイイ。痩身をきゅっと捩りながらも、ついに由乃の指先がブラカップの中にも吸い込まれていく。

南国の果実を思わせるたわわなふくらみを繊細な指先がヌメらせていくのだ。

抗議されたにもかかわらず、大河は飽きることなくじっとその胸元を見つめている。こんなに美しく、かつ官能的な乳房を見るなと言うのは無理な相談だ。

大河の視線を意識しながらも、諦めたように由乃は、その指先を深い谷間にも移動させていく。見事に実った果実は、ぷるんと撓《たわ》んでは、甘い芳香を辺りに撒《ま》き散らす。

愛らしく凹んだお臍《へそ》の周辺にもオイルを塗りつけてから、ふいに由乃は大河を顧みた。

「あの……。大河さん、塗っていただけますか？」

由乃が頬を上気させながら、サンオイルのボトルを差し出してくる。

「これを……塗るの？」

声が裏返りそうになるのを懸命に抑え聞き返すと、恥じらいの色に染まった美貌が可憐に頷く。

由乃のカラダにオイルを塗るということは、彼女の肌に直接触れるということだ。

それをずっと願っていたとはいえ、実現するとなると平常心でなど、とてもいられない。

「お願いしてもいいですか？」

言いながら由乃は、くるりと大河に背を向けるとリクライニングチェアの上にうつ伏せになった。

（ああ、由乃さん。本当にいいんだね。由乃さんのカラダに触るよ……）

ドキマギしながら大河は掌にオイルを垂らし、そっとその背中にあてた。

瞬間、由乃が「あんっ」と小さく声を漏らした。

慌てて大河は手を離す。

「ごめんなさい。ちょっと緊張していました。でも、もう大丈夫です。もっと塗ってください」

緊張しているとの言葉で、ようやく大河は気が付いた。彼女は、少しでも自分を元気づけようと頑張ってくれているのだ。

和香に頼まれたからばかりではないだろう。彼女自身が率先していなくては、身を挺《てい》して肌に触れさせるなどできないはずだ。

だとしたら、こんなにうれしいことはない。

少なくとも大河に素肌を触れさせることを嫌がってはいない証拠なのだ。

「じゃあ、続けるよ」

許してくれる由乃をいいことに、今度は両手を使いオイルを背中に塗り付けていく。

(これが由乃さんの触り心地……。うわああっ！　超なめらかぁ〜っ！)

ふっくらした肌の上等な触り心地。瑞々しくもすべすべで、ただ手を滑らせているだけなのに大河の掌が悦んでしまう。

高級な絹よりもさらに滑らかで、大理石よりもすべすべしていて、シミひとつない白さはアラバスターのよう。

ほとんど日に焼けていないのは、一日中ホテル内で過ごしているせいであろう。

手入れの行き届いた和香の肌も見事だったが、由乃の肌はさらにぴんと張っている上に滴るような瑞々しさがある。

あまりに素晴らしい美肌に、大河は感動して指先が震えるほどだ。

「んふぅ……。んっ、んんっ……。ひんやりしてとても気持ちがいいです。大河さん、オイルを塗るの上手なのですね」

錯覚かも知れないが、息を吐き出しながらの声に若干でも官能の響きが混じっているような気がしてしまう。

まさか由乃に限ってと思われるが、上等な絹肌が敏感であってもおかしくはない。

確かめるようにカラダの側面にも手を這わせる。

さすがに腋は、くすぐったがるだろうと、なるべくソフトタッチで進めていく。

「うんっ……。んふぅっ……」

腰の括れより少し高い位置に触れると、さらに悩ましい息が漏れた。

吐息に誘われるように、オイルに濡れた手をほっそりとしたウエストに回して、その腰回りの華奢さを確かめてみる。回した両手の指先がくっつきそうなことに、舌を巻いた。

「下の方も塗りましょうか？」

その魅力に耐え切れず、何気なく訊いてみる。

「え、下の方？」

さすがに由乃は振り返るも、また恥ずかしそうに顔を元の位置に戻し、こくんと小さく頷いてくれる。

「あの……。お、お願いします」

ダメ元で聞いてみたのだが、まさかＯＫと意思表示されるとは。

本当にいいのだろうかと思いつつ、大河は目を由乃の下半身に運んだ。

キュッと引き締まった腰には、未だパレオが張り付いている。けれど、その薄布で寝そべっても、優美な流線型を描きながら豊満なヒップへと続く悩ましいラインをまるで隠せていない。

悪魔的な魅力に、大河はそこに触れたい気持ちでいっぱいになっている。

「あっ！　パレオが邪魔ですよね……」

しかも、由乃は大河が躊躇するそのわけを、パレオが邪魔していると勘違いして、自ら腰布を外してくれるのだ。

（うわああぁっ！　悩ましすぎる!!　超色っぽいぃ〜〜っ！）

超絶的な美しさと残酷なまでの色っぽさが奇跡的に両立した下半身。豊満ヒップと、ムッチリ太ももも、そしてカモシカの如き美脚がその全容を露わにした。

ビキニトップとお揃いのコバルトブルーのビキニショーツが、色白の肌に映える。その薄布が頼りなげにへばりついているのがたまらない。はみだした尻朶が凄まじいフェロモンを放ち大河の股間をざわつかせた。

居ても立ってもいられずに大河は、蜂腰から下の方へと手を滑らせる。

オイルを塗るのが任務なのだから、堂々としていて構わないはずなのだが、やはりイケナイ悪戯をしている自覚があった。

腰まわりは両掌で摑めてしまいそうな細さなのに、そのお尻は見事な成長を遂げている。

おずおずと、その薄布からはみ出した尻朶にも手を伸ばすと、またしてもビクンと女体が震えた。

「あんっ……！」

短い悲鳴にぎくりとしたが、由乃は身じろぎするだけで、大人しくしていてくれるので、掌を離さずに済んだ。

やわらかな尻朶の感触を愉しみながら、オイルを塗られるほどに尻肌がヌラヌラとぬめ光る淫靡な様子を視姦する。

パン生地のようなふっくらとした尻朶のやわらかさは、乳房のやわらかさとはまた違った愉しさがある。

何故、痴漢が危険を冒《おか》してまで触りたがるのか、由乃の尻の感触にはじめて思い知った。

「今度は、脚に塗るよ」

媚尻の魅力に後ろ髪を引かれたが、されどずっとそこばかりに掌を置くわけにもいかず、「脚に……」と予告することで、その未練を断つ。

今一度、掌にオイルを垂らし、量感豊かな太ももに向かった。

アプローチする立ち位置を変え、膝の窪みから魅惑に充《み》ちたヒップの方へと掌を上げていく。ボリュームたっぷりに盛り上がる芸術的な尻肉を眺めながら、静かに掌を脚の付け根に向けて進むのだ。

まろやかな肌に指の一本一本を埋めるように、やわらかな太ももに食い込ませる。しっとりしていながらピチピチとして、ほのかに熱を孕んでいる。その極上の触り心地に大河が恍惚《こうこつ》となるのも無理はない。

「んふぅ……あん……っ」

指先を股間の付け根にぶつかりそうな危うい領域まで進めると、牝性を増した由乃の愛らしい吐息がさらに零れた。

その悩ましい息遣いが感じているものか、単に心地いいから漏らしているのか判定はつかない。けれど、大河を悩殺するには余りある悩ましさには違いない。

(いつまでもこうしていたいけど、やりすぎると嫌われてしまうかも……)

常にその危険性に怯えながら、そのギリギリまで掌を蠢かせ、ゆっくりとふくらはぎの方へと手指を降ろしていった。

若鮎の腹のようなふくらはぎ、引き締まった足首、やわらかくなめらかな踵《かかと》。美尻や太ももとでは比べるべくもないが、それでも由乃の女体は、どんな芸術作品よりも儚く繊細な美の結晶に思える。

くすぐったがる足の裏、指の股まで丁寧に塗り終えると、由乃はその女体を起こした。

明らかにその美貌を上気させ、艶めかしいことこの上ない表情を見せている。

肌に触れたせいであろうか、さらに由乃との距離が縮まった気がした。

「大河く〜ん！」

間の悪いとは、正しくこういうタイミングを言うのだろう。

背後から聞き覚えのある声をかけられた。

その声の主は、昨日の美人姉妹、麻緒と菜緒に違いない。

屈託のない明るい声に、これほどヒヤリとしたのは初めてだ。

「お友達ですか？」

見る見るうちに由乃の紅潮していたはずの美貌が、いつもの凛としたものに引き締まっていく。

「うん。まあ……」とあいまいに返事をする大河に、やわらかな微笑が振りまかれた。

「でしたら、私はお邪魔ですね。お二人とゆっくりしていらしてください」

由乃はトートバッグを拾い上げるとその肩に下げて、優美な足取りで行ってしまった。

4

「うわあ〜〜っ。広いお座敷。窓から海が見えるのねぇ。素敵……っ！」

「見て見てぇ〜っ。お料理も凄い！」

歓声を上げる双子の美人姉妹に、おのずと大河のテンションも上がっている。

「あらぁ。私たちお邪魔だったかしら……」

取り付く島もなく由乃のヒップを見送った大河だが、別段、彼女が怒っているわけではなさそうなのが救いだった。

またしても逃がした魚の大きさを悔やみはしたものの、和香の時とは異なり、これでもう二度と逢えないわけではない。

第一、由乃自身から求愛の返答を待たせる間、他のお妃候補を探しても構わないと、お墨付きをもらっている。

しかも、他の女性と関係を持っても、大目に見てくれると約束までしてくれた。

だからといって、あまりに無節操が過ぎるのもどうかと思うが、だんだん大河自身の倫理観というか、貞操観念のようなものが崩壊しつつあるのも事実だ。

要するに、ハーレムのようなこの状況に慣れてきているのかもしれない。

（王様って、病みつきになる……！）

あまたの美女から、ちやほやされる上に甘やかされ、挙句たっぷりと精子を搾り取ってもらえるのだから病みつきも当然だ。

ついにはマイナス思考も働かなくなり、言うなれば王様ボケのような状態なのだ。

そんな大河だから由乃のことも、それほどクヨクヨせず、むしろ能天気に双子たちと日が暮れるまでビーチで戯れていた。

さらには由乃から「三人分のお食事を用意させますから、後ほどホテルへどうぞ」とのメールが届いたことを口実に、双子を誘うことができたのだ。

用意されていたのは、宴会用の和室の小部屋。そこに山海の珍味が所狭しと並べられている。

早速乾杯をして料理に箸《はし》をつけると、華やいだ歓声がまたしても上がった。

「やだぁ、これ美味しい！」

「うわあ、上等なお酒ねえ。王様は、毎晩こんなに美味しいお酒を呑んでいるの？」

美女を肴《さかな》に飲む酒がこれほど美味いとは知らなかった。

正直、キャバクラやバーなどへは、接待で利用することばかりで美しい夜の蝶を愛《め》でる暇などほとんどない。まして、ぺーぺーの新入社員などほとんど相手にされるはずもないのだ。

学生の頃に、コンパや合コンに参加した記憶はあるが、ここでもやはりシャイな性格が邪魔をして、ろくに酒を旨いと思ったことはなかった。

加えて双子は酔うと、さらに陽気になる質《たち》のようであり、この上なく勧め上手でもあるのだ。

「すご〜い。大河くんってお酒に強いのねぇ」

双子は水着の上に、浴衣《ゆかた》を羽織るだけのしどけない姿。下着ではないせいか、幾分胸元がはだけ気味になる。左右に美女を侍らせるように座ったために、いい感じで浴衣の中を覗けるから、余計に大河は鼻の下を伸ばし、勧められるままに盃を重ねていく。

「はい。王様。もう一杯、どうぞ！」

屈託のない温かい笑顔が印象的な美人姉妹のお酌に気をよくし、いつしか大河は度を過ごしていた。

比較的酒に強く、乱れることの少ない大河だが、シャイさを酒の力で麻痺《まひ》させ、いつの間にか双子を両脇に抱き寄せ、その唇を交互に味わっていた。

「はむん……ぶちゅるるる……ちゅぶちゅちゅちゅっ……。うふん、大河くん、キッス上手ぅ〜っ！」

麻緒と唇を交わしながら菜緒の背後から回したその腕で容《かたち》のよい乳房を弄ぶ。

浴衣の下には、デコルテラインまで包み込む水着があっても、そのやわらかさには舌を巻くほど。

さすがに由乃の美肌には敵《かな》わないが、二人共にそれに匹敵するほど肌がすべすべしている。

「ああん。王様ぁ、菜緒にもしてください。熱ぅいキッスぅ……」

口元の艶めかしいホクロが、甘く大河を誘う。

麻緒に焼きもちを焼くように菜緒は、大河の分身を水着の上からやわらかく揉みこんでくる。

貌《かお》の半分を占めている目力の強い眼が、いまは酔いもあってかとろんと妖しく潤んでいた。

「はい。じゃあ、今度は菜緒さんとちゅーっ！」

唇をタコのように突き出し、菜緒のボリューミーな唇に被せる。一度でもいいから口付けしてみたいと切望していたぷるるんと揺れる肉厚な唇。ふっくらと官能的な触れ心地を愉しみながら、その唇を舐め啜ると、今度は麻緒がその乳房を押し付け大河の逸物《いちもつ》の容《かたち》を確かめるようになぞっていく。

「ぐふっ、麻緒さんの手、超気持ちいい。そんなに触られたら勃起しちゃうよ……」

込み上げる快感にぶるぶるっと体を震わせると、またしても菜緒が悋気《りんき》を目に浮かべながら熱心に女体を擦りつけてくる。

朱舌を伸ばし大河の口腔に侵入させ、その上顎をほじるように刺激してくれる。

「ああん。大河くんったら菜緒にキッスされて蕩《とろ》けているのね。おち×ぽどんどん大きくさせてぇ。もう、憎らしいんだからぁ……」

麻緒までがカワイイ悋気を露わに、強張りはじめた肉塊を親指の付け根と残る指で挟みつけながら刺激を送り込んでくる。

麻緒の手指に弾き出された菜緒の手指は、そのままさらに下方へとズレ、しわ袋を探るような手つきでやさしく揉み解《ほぐ》してくる。

堪らない性感に背筋をざわつかせ、なおも大河は盛んに二人の乳房を弄ぶ。

心持ち菜緒の乳房の方が大きいようで蕩けるやわらかさ。一方の麻緒のふくらみはすっぽりと大河の掌に収まる大きさで、弾力が心地よい。

「こんな二人いっぺんになんて淫らなことを……。ああん、だけど大河くんのうれしそうな顔を見ていたらもっとしてあげたくなっちゃうっ！」

麻緒の瞳も菜緒に負けじと、ねっとりと潤んでいる。

首筋に縦に並ぶふたつのホクロに誘われ、大河はそこに唇を運んだ。

「すごぉい！　こんなに大きいなんて。王様のおち×ちん、凄すぎます。これなら二人でしなくちゃ太刀打ちできないかも……」

麻緒の首筋に顔を埋める大河の胸元を菜緒が手早くはだけさせ、その朱唇があてがわれた。

ボリューミーなヌメリに乳首を覆われ、さらに舌の先でしこりはじめた小さな突起を突かれる。

「うわぁぁっ！」

ゾクゾクするような喜悦に、女の子のように喘ぎを漏らしてしまった。

華やかに双子がクスクス笑い。またすぐに各々《おのおの》のやり方で、大河の肉体を刺激していく。

「そんなに気持ちいいの？　乳首、敏感なのですね……」

囁くような甘い声。すぐに唇が乳首に舞い戻り、ねっとりと吸い付いてくる。

「あん……。大河くん、おっぱい好きなのね。麻緒の小ぶりなおっぱいでもうれしそう……。ぁふう、そんなに揉まれているとおっぱいが火照っちゃうぅ……っ」

妹よりも小さめなことがコンプレックスなのだろう。それでもCカップはありそうで、彼女が気にするほど小さくはない。

そのふくらみから大河の手指はずっと離されていない。心地よい弾力と絶妙なやわらかさに離したくないのだ。

「だって麻緒さんのふっくらほこほこのおっぱい。触っているだけで気持ちいいんだ。なんか癒されるっていうか、安心するっていうか、とにかくずっと触っていたい気持ちにさせられる」

素直な感想を口にすると、麻緒のスレンダーな女体がぶるぶるっとわなないた。

「ああん。うれしいっ！　麻緒のおっぱいをこんなに悦んでくれる王様になんでもしてあげちゃう！」

「ずるい！　ねえ、菜緒のおっぱいはどうですか？　麻緒ちゃんよりも大きいおっぱいは嫌いですか？」

乳房を褒められた姉に負けまいとするあまり、ついに菜緒は自らの浴衣をはだけさせると、さらに白いビキニを上にずらし、その艶めかしいふくらみを露わにさせた。

「ああ、恥ずかしいけど見てください。菜緒も大河さんに褒められたいです」

露わになったふくらみは、おっぱいアイスを思わせる丸いフォルム。薄紅の乳暈は綺麗な円を描き、乳首はツンと上向きだ。

「うほぉっ！　菜穂さんのおっぱい超エロい。おっぱいだけが生白くって、凄くセクシー！」

悩ましくも美しい光景に大河の酔いは吹き飛んだ。否、正確には酒の酔いなどとうに醒《さ》め、酔ったふりをしているだけだ。照れることなく羽目を外すには、それがラクなのだ。もっとも、双子が放つ途方もない魅力に酔い痴れていることは確かだ。

「エロいって、それ褒め言葉になっていません！」

ふくれっ面《つら》を作りながらも菜緒は、露わにした自らの乳房に大河の手指を誘ってくれる。

掌にまとわりつく生乳のとろりとした触り心地。ふっくらふわふわでありながら心地よく掌で弾む。

「でも大河くんは、菜緒のことをセクシーって言ってくれたわよ。それは褒め言葉じゃん。いいなあ。麻緒もセクシーって言って欲しい！」

「もう！　麻緒ちゃんだって欲しがり過ぎ。そんなに褒めて欲しいのなら水着、全部脱いじゃえば？　王様だって麻緒ちゃんの裸、見たいですよね？」

突然のようにこちらに振られ、半ば困惑しつつ大河は「うんうん」と頷いて見せた。

いったいこの姉妹は仲がいいのか悪いのか。いつも二人でいる癖に、互いを意識しあい競うように大河を誘惑してくる。

やさしい顔立ちが悋気を露わにするさまは、ひどく愛らしくかつ色っぽいことこの上ない。

二人が自分より五歳も年上であることも忘れ、微笑ましくも困惑しつつ大河は双子を見入るのだ。

「大河くん。麻緒のヌード見たいの？　麻緒が裸になったら菜緒より先にエッチしてくれる？」

いつの間にかエッチすることが前提で話が進んでいる。

実際、双子は、ほとんど酒を呑んでいない。ほんのり頬を赤く染めてはいるが、大河につきあう程度で、酔うほどの量ではないはず。

つまりは、ふたり共に酔った勢いではなく、本気で大河を求めてくれているのだ。

「ま、麻緒さんが、させてくれると言うのなら僕に異存ありません」

「本当に？　いいわ。だったら脱いじゃう」

言うが早いか麻緒は、躊躇いなく浴衣の帯を解き、黒のホルターネックのビキニトップを脱ぎ捨てると、すぐにハイウエストのボトムも剝き取りにかかる。

「いやあん。麻緒ちゃんズルい！　菜緒も脱ぎます。だから、麻緒ちゃんよりも菜緒を先に！」

慌てて菜緒も、座ったまますらりとした美脚からボトムを抜き取った。

5

二人共に、その脱ぎっぷりのよさの割に、恥ずかしそうに片手で自らの乳房を抱え、もう一方の手で股間を隠している。

「ああん。大河くん、そんなに見ないで……。本当はとっても恥ずかしいのよ」

これまで随分と大胆に振舞っていたが、その実、ふたりが恥ずかしがり屋なことは、そのチョイスしている水着からも判る。なんとか大河の気を引こうと、ビッチに振舞っていただけなのだろう。

それが、ここに来ていざ裸になると、大河の痛いまでの視線を浴び、急に我に返ってしまうらしい。

いくら双子とはいえ、大人のおんなが互いの性を晒すことに、より羞恥を煽られるのだろう。あるいは一人一人、マンツーマンであれば、ビッチを演じきれたのかもしれない。

「見るなと言われても、見ないわけにいきません。二人そろって、完璧なボディをしているのだから……。ねえ。もう脱いでしまったのだから隠さずに……。僕とエッチしてくれるのでしょう？　ねえ麻緒さん。ほらぁ菜緒さん！」

双子が恥じらえば恥じらうほど、むしろ大河は加虐心を露わにして虐《いじ》めたくなる。実は、どこかに酔いがあるのかもしれない。

貌を伏せ下腹部に両手をやり、ぺたんと両足でWの字を描いてアヒル座りをする菜緒。姉の麻緒は、いまだ小ぶりの乳房を片手で隠し、横座りしてもう片方の手で下腹部を隠している。

その色っぽさの凄まじいこと。あからさまに露わにされるよりも、むしろ隠された方がいやらしさは何倍も増す。

美乳が腕に潰されながら、その量感をたたえた裾野が見えることも、ホルターネックでは窺い知れなかった白くやわらかな乳肉が作る悩ましい谷間も。際《きわ》どく覗かせる漆黒の恥毛や人形のようなすべすべの美脚まで、どこもかしこもが大河を悩ましくそそる。

「ほら、手をどかせて……。それとも、そんなに恥ずかしいのならもうやめにする?」

「いやっ。そんな意地悪する王様は嫌いです……」

菜緒が頼りなくつぶやいた。俯《うつむ》いた顔を少し上げ、綺麗な目で睨むように大河を見つめてくる。けれど、その目つきがまた残酷なまでに艶っぽく、あれほど強い目力をいまはウソのように霧散させている。

「意地悪なんかしていないよ。僕は、綺麗な麻緒さんと菜緒さんのカラダをしっかりと目に焼き付けたいだけなんだ。それもできないようならエッチなんか到底ムリでしょう?」

「だって、ああん。こんなに恥ずかしいなんて……」

首を振る麻緒の儚げな姿。大河は一層、男心と淫欲を刺激され、焦《じ》らされるのも限界だった。

「判りました。じゃあ、僕も裸になります。ほら、これならみんな一緒だから恥ずかしくないでしょう?」

言いながら大河も身に着けていた浴衣と海パンを手早く脱ぎ捨てた。

美人姉妹に煽られるだけ煽られているから、既にカチコチに勃起している肉柱がぶるんと空気を震わせて勢いよく飛び出した。

「あっ！　すごいわ……」

「お、大きいっ！」

見てもいいのだろうかと躊躇いながらも、二人の視線が大河の分身に集中する。

しかも、その視線は一度張り付けてしまうと離せなくなったらしい。じっと見つめられる熱さに、思わず大河はムギュリと菊座を絞め、猛る肉塊を嘶《いなな》かせた。

「やぁん。大河くん、逞しいのね……」

あれほど恥ずかしそうにしていた麻緒が、陶然とした表情でつぶやく。

「でもあんなに強張らせて、辛そうにも見えます……。ああ、私たちがぐずぐずしているから王様を焦らしてしまったのですね。ごめんなさい」

図《はか》らずも大河は、彼女たちの母性も疼かせたらしい。

おんなとは不思議なものだ。あれほど羞恥に身を浸していたにもかかわらず、ひとたびその母性に火をつけると、途端にそちらの方に頭をシフトさせ、奉仕することにのみ目を向ける。

あるいは子を育てるための本能が、そう仕向けるのかもしれない。

双子揃って細い腕をしなやかに動かした。

露わになったのは、ほんのりとピンクに染まった艶めかしい丘陵。美乳と呼ぶにふさわしい理想の曲線と共に、黒い草叢《くさむら》に覆われた秘部も晒されている。

草叢の陰りは、やや菜緒の方が濃いように思える。その恥毛が露わに光り、宝石のように見えた。

「ねえ。大河くん。そこに仰向けになって……」

ふっくらとした恥丘に気を取られていた大河の肩を麻緒がそっと押した。

後頭部を二人が掌で支えてくれるから、さほど腹筋に力はいらない。

されるがままに畳に仰向けになった大河の肉茎に、すかさず麻緒が唇を運ぶ。

菜緒もまた無言のまま、麻緒とは反対側から肉柱に顔を近づけてくる。

「おっ、うおっ！」

ふっくらした唇が両サイドから忍び寄り、勃起の肉皮を甘く剝いていく。

「あっ！　ぅわあああぁっ！」

ツンと尖らせたふたつの朱唇が、まるでドクターフィッシュのように肉柱を啄《ついば》む。

ちゅっと肉厚の唇が上反りに吸い付くと、ぶちゅんと裏筋にももう一つの口唇がくっつけられる。

「あうっ！　おっ、おっ、おぅぅっ！　ヤバいよ。二人とも超気持ちいいっ！」

くっついては離れ、啄まれては、舐められ、カチコチの肉棹をふたつの朱唇が弄ぶ。手を触れずに口だけで奉仕してくれるから、いくら強張っていようと肉柱は揺れてしまう。

互いの朱唇の間をこっちへ行ったりあっちへ行ったり。まるで双子の間で揺れるどっちつかずの大河そのもの。それでも二人は甲斐甲斐しくも、いやらしく分身をちゅっちゅ、ちゅっちゅっ。

「あはん。王様のおち×ちん、とっても硬い……。ぶちゅちゅっ……凄く熱を孕んでいて熱すぎます」

「そう。それに大河くんのおち×ぽ、こんなに大きいから……ちゅっ、ちゅるるっ……いやらしく二人で啄むこともできちゃう！」

淫らなヌメリ音に刺激されるのか、双子はその逆ハート形の美尻を高く掲げ、愛らしく左右に振っている。

ふわりと漂う甘い蜜の匂いは、透明な雫《しずく》をむっちりした太ももに滴らせているのだろう。

「ああ、ふしだらな唇。超気持ちいいよ。うおっ！　う、裏筋ぃっ！」

菜緒の朱唇が付け根から亀頭までの裏筋をまるでハモニカでも吹くように、滑らかに滑った。

思わず腰を持ち上げる大河に、負けじと麻緒が上反りに濡れ舌を這わせる。

「ぐおお。麻緒さんもいいよ。舐め舐めされるのヤバいぃ～っ！」

ややもすると競い合おうとする双子。お陰で大河は目を白くさせるほどの快感を味わっている。

「ねえ。そんなに競争ばかりしないでさあ、息を合わせることとかできないの？」

まだじゃれあううちはいいが、いつまた大河を困らせる悋気へと発展しないとも限らない。

「息を合わせるって、何をすればいいの？　いまだって左右から十分に合っているはずだけど……」

確かに、その口淫は双子ならではの息の合いようと言っていい。

「うん。でももっとさあ、こうもっと凄い奴。すっごいエッチな技とかさぁ……」

「例えば？」

「うーん。だから例えばぁ……。そう！　例えば両サイドからち×ぽをおま×こで挟み擦りつけるとか！　淫らすぎる双子素股なんてどう？」

突拍子もない思いつきながら想像しただけで興奮をそそられる。それが肉柱にまで漲《みなぎ》り、またしてもぶるんと振るわせた。

「いやん。王様って、むっつりスケベだったのね……。そんないやらしいことをさせるのですか？」

嫌と恥ずかしがりながらも、案外菜緒はまんざらではない様子だ。一方の麻緒も頬を紅潮させながら頭の中でシミュレーションをしている様子。

「ほら菜緒、王様からの命令だよ。うまくいくか判らないけど、やってみよう」

麻緒が菜緒を促しながら、カラダを入れ替え、後ろ手をついて屹立する肉柱に自らの秘部を近づけていく。菜緒も麻緒を真似、同じ体勢をとる。

「おま×こを擦りあわせる要領で……。間に僕のち×ぽを挟み込んで……。そうそう。その位置、その角度……おわぁっ！」

ねっとりとした秘貝が左右から迫り、大河の逸物を挟み込む。

牝と牝が松葉に足を組み、隙間から肉柱を巻き込むようにする要領だ。

「いやあん。何これ、すごくいやらしい！」

亀頭部が粘膜と粘膜に包まれるように、押しくらまんじゅうに晒される。

双子の女陰が、比較的、下つきであることも幸いしているらしい。

「あふん……あっ、いやん……大河くんのごつごつしたおち×ちんと菜緒のやわらかいおま×こに擦れて……あっ、ああん」

麻緒が頤《おとがい》を天に晒し、官能の歌声をあげる。

「あっ、ダメっ、王様の熱いおち×ちんが焼き鏝《ごて》のように……。あはぁ、麻緒ちゃんも動かしちゃいやぁ……」

艶めいた喘ぎを零しながら静止を求める菜緒本人も腰をゆらゆら揺すらせている。

麻緒と菜緒の桃尻がふたつ大河の腰骨に載り、体重がのしかかる。それでもスレンダーなふたりで、全ての体重が載らぬよう腰を浮かせようとしてくれるから、耐えられないほどではない。

それよりも、押し寄せる快美な悦楽の方がよほど勝る。

挟まれているのは、亀頭部を含めた半ばほどなのだが、熱いヌメリが左右からねっとりと絡みつき、挿入していると何ら変わりのない快楽が迫りくるのだ。

ふたりの女陰に素股される興奮に、異次元に迷い込んだかの如き快感に晒されている。

「あんっ、ああ、こんないやらしいこと……。ああ、ダメよぉ菜緒ったら、腰を振っちゃダメぇ」

生き物のように蠢く熱い粘膜が、大河の肉棒に盛んにすがりつく。粘っこい蜜液を分泌しては、亀頭部を舐めまわすようにスライドする。まるで左右から勃起を蕩かそうとするような腰つきに、いつしか大河も腰を突き出しては降ろしを繰り返している。

「麻緒ちゃんこそ、淫らな腰つき……。あっはぁ……感じるところに擦れちゃう……王様のおち×ぽのくびれが菜緒のクリトリスに擦れるのぉ～～っ！」

二人の腰つきが安定しないために、挟まれている大河には予測のつかない動きで擦られていく。

襲い来る愉悦の高波に、思わず奥歯を噛みしめた。

「ぐわぁっ……おっ、おほぉっ！」

気も狂いそうな悦びに、すぐに噛みしめるのも苦しくなり、ただ野獣のような呻きを上げる。頭がぼうっとなりかけ、慌てて大河は静止を求めた。

「ま、待った。タイム！　タイム！　タイム！　ダメだよ。まずい！」

急激に襲う射精感に、大河は逃げるように腰を引き、大声で喚《わめ》いた。

「どうしたの？　なにがまずいの？」

うっとりと蕩けた表情の麻緒が、辛うじて腰の揺らめきを押しとどめ聞いてくる。

「気持ちよすぎて……イキそうなんだ」

「あん。そんなこと構いません。このまま射精《だ》してください。麻緒ちゃんと菜緒のおま×こに、王様の熱い精液、かけてください」

「そうよ。大河くん。麻緒と菜緒、ふたりのおま×この中でいっぺんに射精《だ》せる経験なんてそうできるものではないわ」

二人のやさしい言葉が胸に沁みる。

「……でも、二人を置き去りにして、僕だけなんて、そんなこと……」

王として雄々しく、肉棒で彼女たちを征服し、ふたりの瑞々しい女体を喜悦にわなかせてやることこそが、男の最大の悦びなのだ。その責務を果たさずに、自分だけがあえなく果てる口惜しさ。

「心配しなくてもいいですよ。本当のことを言うと菜緒もこのままイキそうなのです……」

ポッと頬を赤らめ告白してくれる菜緒。

「なんだ、菜緒もなのね。よかった麻緒もこのまま続けていたらイキそうだった……。ううん。本当は、軽くイッてる……」

ぺろりと舌を出し、麻緒も教えてくれた。

「そうなんだ。じゃあ、もうほんの少しだけ耐えれば、みんなでイケるのだね！」

状況を理解した大河は、現金にも嬉々として腰を揺すらせはじめる。

「あん、そんないきなり……ああ、だめっ。麻緒も腰が動いちゃう……」

引き締まった蜂腰が上下にうねる。ふっくらした下唇をめくり上がらせ、奔放なよがり啼きを晒してくれた。

「あっ、あっ、あっ……。また擦れちゃう。菜緒、クリトリスで気持ちよくなっちゃう……。いやん。一番早くイキそう……ねえ、早く、王様ぁ、早く射精《だ》してくださいいぃ……っ！」

菜緒の肉蕾に当たるのは、彼女自身が切っ先を導いているに過ぎない。二人の体重があるから大河の律動は決して大きくはならない分、小刻みな抽送《ちゅうそう》が牝芯《めしん》を擦るのだろう。

「ぐおおおぉぉぉっ！」

さんざめく射精衝動に大河は喉を唸らせながら腰を揺する。大きく張り出したカリ首で双子の女陰をしこたまに引っかき、すがりつく肉花びらをくしゃくしゃに捩らせる。

「あぁ、気持ちいいっ。これまでのセックスより、ずっとすごいの……」

上ずった声を麻緒があげた。痩身をぶるぶると震わせ、快美な愉悦に浸っている。

「あん。菜緒、もうイキそうです……。ああ、ダメっ、イク、イク、イクぅ〜〜っ！」

小麦色に焼けた背筋をぐんと反らせ、菜緒が淫靡にイキ恥を晒す。

官能的な艶声が大河の脳髄を蕩けさせ、ついに射精衝動が起きた。

「ううっ、射精《だ》すよ。菜緒さん、麻緒さ〜ん！」

セックスさながらの悦楽と快美感。否、これもまたセックスそのものなのだろう。牝の粘膜に雄蕊を包まれて射精するのだから。

同時にふたりの女陰に牡汁を吹きかける充足感も手伝い、大河は夥しいしぶきを鈴口から吐き出した。

「はううっ……あぁ、熱いっ……おま×こ、熱い……イクっ、麻緒もイクぅっ！」

白濁液をべっとりと浴びせかけられた麻緒が、その灼熱に煽られ一気に絶頂へと駆けあがった。

甲高い牝声をあげながら、思い切り女体をのけ反らせている。瑞々しい肉体が、はげしくのたうつと、牡汁でべとべとになった女淫がまたぞろ勃起にスライドする。

お陰で大河の吐精発作は、二度、三度と続き、そのたびに双子は喘ぎ、ビクッ、ビクッと婀娜《あだ》っぽく腰を痙攣させている。

「大河くん、ああ、大河くん……」

「ああ、王様、凄かったですぅ……三人でするのがこんなに気持ちいいなんて……」

双子の甘ったるい合唱を心地よく聞きながら、大河は羽化登仙の境地に昇り詰めた。

第三章　健気に喘ぐ巨乳美女

1

「ああ王様だぁ……。おはようございますぅ……」

美しく朝焼けに染まるビーチを散歩していると、見知らぬ美女にいきなりハグされ甘いキスを受ける。

ぶちゅりと唇が重なり合い、美女の朱舌に口腔をこじ開けられた。

すっかり慣れっこになった大河は、さほど驚くでもなく彼女の舌に自らの舌を絡める。

「ふもん…ふぬん……ああん、王様のキッス、素敵ぃ……」

朝早くに目が覚めたというより、夜更けまで続いた麻緒と菜緒との狂乱の宴によほど興奮していたらしく、二人が去った後も神経が冴え、ほとんど眠れなかったのだ。

「まだまだこれくらい序の口です。美しくってエロイ双子が相手なのだもの。何度でも射精させますから、覚悟してくださいっ！」

その宣言通り大河は、酒池肉林に溺れながら何度も射精しては挿入を繰り返した。

四つん這いになった双子の女陰を谷渡りしたり、上下に抱き合わせたふたりを交互に犯したりと、やりたい放題。

「汗をかいたからお風呂に入りたい。一緒にお風呂に入りましょうよ」

誘われるまま場所を大浴場に移すと、乱痴気騒ぎはさらに狂乱の度合いをあげた。

「王様を洗ってあげます」と提案され「じゃあ、お願いします」と返すと、双子はいそいそといずこからかバスタオルを大量に持ってきて、床に敷きはじめたのだ。

「何がはじまる？」と思っていると、簡易的なベッドができあがる。

二人に手を引かれ、そこに仰向けになると、すぐさま両サイドから双子が丁寧に体を洗ってくれるのだ。

それもボディソープをたっぷりと載せた掌で、ぬるぬると。

まさに、体中の骨が全てずぶずぶに溶け崩れるような心地よさ。この数日で溜まった疲れも垢《あか》と一緒に流されるような極楽気分。目に濡れタオルを乗せられた上に、ついには美女二人が女体を擦り付けてきて、いつのまにかMAXになった逸物にまたしても交互に腰を落としていく。

筆舌に尽くしがたい淫らさ、想像を遥かに超えた猥褻。乱交とはかくあるものかと恐れ入った。

エロスとは、場の雰囲気や相手との関係など総合的なものに左右される。奥ゆかしいと思われた麻緒と菜緒がそこまで羽目を外すのも、その場の雰囲気と言わざるを得ない。

通常よりも度が過ぎたり、強烈な刺激を求めたりするようになるのもそのため。シャイな大河と恥ずかしがり屋の麻緒と菜緒。普通の男女が乱交に及んだのは、まさしくその場のシチュエーションに酔い、溺れた結果なのだろう。

ついにはどちらを抱いているのか、どちらに何度種付けしたのかも判らなくなるほど、脳ミソまで陶酔させ夜更けまで美人姉妹を犯しまくった。

きっと今この瞬間もそうなのだろう。

亜熱帯を彷彿《ほうふつ》させるねっとりとした空気とビーチというロケーション。互いの顔が判るか判らないかという黄昏《たそがれ》時のような微妙な明るさ。さらには見る者の心を震わせる美しい朝焼けの色合い。

何もかもが男女を酔わせ、狂わせる。

見知らぬ美女と出会った瞬間にディープキスを交わすのも、抱き合ったまま砂浜に倒れ込んでしまうのも、夏がそうさせるのかもしれない。

早朝に赤く染まる空は、まもなく明けてしまい、男女がその場で交わりあうには、あまりにも不適切なはず。

にもかかわらずその美女は、砂浜に仰向けになった大河の水着をずり下げると、自らもビキニボトムを脱ぎ捨て、跨ってくるのだ。

すると、どこからともなく他の美女が現れ、トップレスの自らの乳房を大河の顔に押し付けてくる。

「ぶふううっ……窒息しちゃいそう……」

大河の鼻や口を埋め尽くすやわらかな物体に、反撃とばかりに口を大きく開き、コリコリとしこった乳蕾を舐めしゃぶる。

思いのほか滑らかな蜜肌に、昂ぶる血液がどっと下半身に集まる。

「うおっ！　ぐふぅぅ〜〜っ！」

半勃ちになった肉塊を下腹部に取りついたおんながしっとりとした手指で擦っていく。

「ああん、王様のおち×ぽ、太くて大きいのですね……。あン、凄い、どんどん硬くなっていく……」

完全に屹立したとみるや、おんなが蜜腰の位置を変え、自らの手で導くようにして、ずぶずぶとその淫裂で大河の分身を咥えていく。

熱く潤った膣孔がすぐに前後にスライドを開始した。早く大河の崩壊を促そうとでも言うように、ずりっずりっと蜜腰が前後していく。

「あん。ください……王様の精子……。濃ゆいと噂の子胤《こだね》を私の子宮に呑ませてぇ」

ふしだらな練り腰は容赦なく大河の官能を煽り立てる。

乳房を浴びせていたおんなも、ビキニショーツを脱ぎ捨てると、大河の顔に跨った。

途端に、顔中にふしだらなヌメリが滴り落ちる。

「うぶぶぶぶ。口の中が海の味で一杯になる……」

やわらかな尻朶の感触には、苦しいながらも興奮を誘われる。

「やあん。王様ったらお顔に乗っかられて興奮しているのですね。おち×ちんが私の膣中でさらに大きくなる……」

大河は、懸命に舌を伸ばし、顔面騎乗する女陰を舐めしゃぶりながら、下から突き上げるように腰を跳ね上げた。

「ひうんっ！」

絡みついていた肉襞を肉棒から引き剝《は》がすと、ねちゅっと淫らな水音が立った。

「ああん、すごいっ！　王様の大きなおち×ちんが暴れてるぅ！」

暴れているのはむしろ跨る彼女の方だ。

大河は牝馬にぴしりと鞭《むち》を入れただけで、あとは牝獣の方からしきりに蜜腰を蠢かせている。

官能のスイッチが入ったのだろう。腰を前後にスライドさせる動きが、持ち上げては降ろす上下動へと変化した。豊満なヒップを一気に押し下げ、また根本まで呑み込んでは締め付ける。

こつんこつんと奥でぶつかる手応えがあるから、ズンと子宮が穿《うが》たれ、痺れるような甘美な痛みが性感を増幅させているはずだ。

「あううっ、あん、いいっ。気持ちよすぎて、淫らな腰を止められない……」

牝孔《めすあな》を嵌入《かんにゅう》するのは肉棒ばかりではない。硬く窄めた舌も媚肉に穿ち、滴る蜜液を舐め啜っている。

「あはぁ……舐められている。私の膣中、長い舌で犯されてるぅ……」

ふたりのおんなから責められているのか、責めているのか大河にも判らない。

頭の片隅《かたすみ》では、こんなことでいいのだろうかと考えているのだが、肉欲は増すばかりで、人の目を憚ることすら忘れている。

「ああん。ねえ、意地悪せずにください。私の子宮に王様の子胤《こだね》を……」

おんなのヒップは、まるで何かに取り憑《つ》かれているかのように、激しさを増していく。逞しい肉棒を何とか蕩かそうと、ずぶんずぶんと出し入れさせるのだ。

上下の牝孔から熱い淫液がふんだんに溢れ出ている。

お陰で肉棒も顔もべとべとにされている。

おんなたちも滝のように汗を吹き出させている。髪を振り乱し、あられもなくよがり乱れるおんなたちの姿に煽られ、ついに射精衝動が込み上げた。

「ああ、王様、イキそうなのですね……。イッてください……私の膣中にぃ……」

肉傘が膨張するのを察知したのだろう。しきりに射精をねだられる。

「ぐふぅぅっ……い、イクっ！」

女淫に口を塞《ふさ》がれているからくぐもった声にしかならないが、かろうじて終わりを告げた。

ドッと熱い飛沫《しぶき》を胎内に噴射させ、多量の白濁液を子宮めがけて送り込む。

「ひあっ……」

胎内を焼き尽くす灼熱の牡汁に、牝馬の腰つきがピタリと止んだ。

鈴口を最奥まで導きながら雫《しずく》を一滴残さず子宮口で呑み干していく。

「うふぅ…凄い……熱い活《い》きのいい精子に……お腹の中をいっぱい満たされて……ひやん……イクぅ〜〜っ！」

大河を射精にまで導き安堵したのだろうか、甘ったるい牝啼きを晒しながらおんなが絶頂した。

「ねえ。お願いです。私にも、王様の子胤《こだね》をください。まだ、できますよね？」

勃起の上に跨ったまま、ぐったりとなったおんなを退け、大河に顔面騎乗していたおんなが挿入をねだる。

さらには別のおんなが寄ってきて、またしても大河にまとわりついてくる。

いつの間にかすっかり空が明けている。相変わらずピーカンの夏空だから、今日もビーチはおんなたちで溢れるはずだ。

「このままビーチ中の美女たちとやってしまおうか……」

凄まじい興奮と快感に、能天気に大河はそんなことを考えていた。

いつの間にか、節操なく過ごすことに慣れきってしまったようだ。

2

結局、大河が散歩から部屋に戻ったのは、昼近くのことだった。

押し寄せるおんなたちに、さすがにこれではキリがないと、怖れをなして逃げてきたのだ。

「なんだかもの凄いことになっているよなあ……」

ここを訪れて丸二日、何人の女性と関係を持ったことか。指折り数えてみても、定かでなくなっている。

「すっかり色ボケしてるけど、明日にはここを発《た》たなければならないんだ……。こんな刺激的な休暇を過ごして、日常になんて戻れないよ」

やりたい放題に、まさしく王様の如く過ごした。生きることを愉しむために、たっぷりと性を謳歌した。

やり尽くすだけやり尽くした感もあるが、満足したかと尋ねられれば答えはＮＯだ。このままここを発つのは、いやというほど後ろ髪を引かれる。

けれど、それはこのパラダイスに対する未練ではない。もちろん、そんな気持ちもないではないが、肉欲まみれの虚しさにも気づいている。

そんなことよりも、もっと大きな未練として心残りなのは、由乃のことだ。

散々に、自らの欲望のままに、やりたい放題をした大河だったが、頭の片隅では常に由乃のことを想っていたのだ。

「もうそろそろ返事をもらえないと、だけど……。でも、ここまで返事がないところを見ると、やっぱダメかな……」

半ば諦めて微睡《まどろ》んでいた昼下がり。

突然に、待ちわびた由乃が部屋を訪れた。

ついに返事が聞けると思いきや、由乃の用件はアンケートをお願いしたいとのことだった。

「戸問のビーチはお気に召していただけましたでしょうか？　参考までに当リゾートにご滞在のご感想をお聞かせ願えないかと思いまして……」

やわらかな笑顔を浮かべながらも、どこか事務的な態度の由乃に、いよいよこれはダメだと察した。

だからといってきちんと答えを聞かずじまいでは、和香の時のように悔いばかりが残ることになる。

「アンケートは判りました。後ででも回答を記入しておきます。それよりも、どうでしょう……。そろそろお返事をもらえないでしょうか？　明日には発たなければならない僕に、残された時間は少ないのです」

思い切って口火を切ると、途端に由乃の表情は曇った。

ダメ元と思いつつ返事を催促した大河であったが、その表情にどうやら訊くまでもないことを察した。

「ああ、大河さん。そんなに肩を落とさないでください……」

「そうですよね。由乃さんの前であからさまに落ち込んだ姿を見せるのは、ルール違反ですよね。困らせるだけですものね……」

けれど、相当に受けたダメージは大きく、なかなか立ち直れそうにない。

「こんなに由乃さんに惚れていたのですね。一目惚れだったから、そこまでとは自覚していなくて……。いや、ご本人の前で失礼ですよね……。だったらこんなにちゃらんぽらんに過ごさずに、もっと積極的にアタックするべきだったな……あはは」

力なく自嘲気味に笑い、少しでもショックを和らげようとした。

「いいえ。初めにお約束した通り大河さんが他の女性たちと過ごすことも差し引いた上で決めましたので、ここでの出来事は後悔しないでください……」

「その件は差し引いてってことは、じゃあ完全無欠にNGってことですね」

「あん。そう受け取らないでください。私、大河さんのお気持ち、とても嬉しかったのです。正直、凄く迷いました。いまも……迷い続けています。でも、思い切れなくて……」

それはそうだろうとさすがに大河も思う。いくら好きとの前提があっても、ワンナイトラブを申し込んでいるのだ。

由乃のカラダばかりが目的ではないにせよ、そういう気持ちがないわけではない。否《いな》、下心ありありだ。そんな大河に、そうやすやすとOKする方がおかしい。ありていに言えば、大河に色目を使うビーチの女性たちがおかしいのであって、由乃の反応こそ正常なのだ。

「思い切れなくて当然です。むしろ由乃さんがそういう慎み深い女性であることを僕は好ましく思います。僕が由乃さんに惹かれたのはそういう女性だと感じたからで……」

本来、大河の好みは、奥ゆかしさや慎み深さ、思慮深さを持った清楚なタイプの女性だ。初めて会った瞬間に由乃がそういうタイプと映ったからこそ大河は魅力を感じたのだ。

そして、そもそもそういうタイプの女性に行きずりの情交を求めることが、大間違いと言える。要するに大河は、はじめから玉砕するのが当たり前の特攻を敢行したとも言えるのだ。

「あん。だから、違うのです。私が思い切れなかったのは、妊娠して仕事を離れることで……。判りました。もう少しだけお時間をください。これから大河さんに、本当のことをお聞かせします」

「へっ……。本当のこと？」

キョトンとする大河に、改めて由乃は応接セットに腰を落ち着けると、今回のいきさつを話しはじめた。

すなわち、実は、大河が引き当てた王様の権利とは、あらたに開始する村おこしの企画のモニターであったらしいのだ。

大前提は、いまやこの国の地方では当たり前となりつつある過疎化の問題。ご多分に漏れず戸問村にも過疎化が進み、今やほとんど限界集落となりつつあるそうだ。

そんな村を救う新たな試みとして、ヘブンリゾート構想が掲げられたらしい。

そもそも戸問村で過疎化が進む理由は、女性しか産まれてこないことにある。

調査したところでは、ここの磁場が関係しているらしく、それもこれも温泉を噴出させたあの隕石が大本になっているらしいのだ。

「年頃の娘たちは、それを理由に嫁の貰《もら》い手がなくなって、素性を隠して村を出る以外に結婚もままならないのです。そんなこんなで、余計に過疎に追い打ちがかかってしまいまして……」

話の筋がどんどん思いがけぬ方向に進むため大河はついていくのに必死だ。そもそも隕石が原因で、おんなの子ばかりが産まれるという話をどこまで信じればいいのか。

「折悪しく、昨年の秋、大きな台風に見舞われまして、村で唯一のこのリゾートも大打撃を受けました。ご存知のように、いまだ道路も不通のままで……。ならば、それを逆手に取った企画はできないかと……」

その企画、ヘブンリゾート構想は、つまり婚活ならぬ胤活を試みるものらしい。

出産を希望する村のおんなたちにチャンスを与えると同時に、子宝に恵まれず思い悩む他所《よそ》からの女性たちも集めることで、村の経済も活性化させようとの狙いらしいのだ。

「で、その準備を進めていたところに大河さんからのご予約が……。実は、元のリゾートホテルは三月《みつき》ほど前に閉鎖されていて、それを知らずにご予約された大河さんを試験的に、その……」

そこで口ごもる由乃に、自分がモルモット代わりにされたことを悟った。

大河が若い男性であり、一人で滞在すると知った上でのことなのだろう。

その管理役、お目付け役として、コンシェルジュである由乃が選ばれたらしいのだ。

当初、大河が想像したＦＫＫのような施設とは異なるものの、当たらずといえども遠からずであったのかもしれない。けれど、金銭のやり取りはなく、やはり風俗とは異なり、道義的にどうかとは思われるものの違法とも言い切れない。

今回、大河の相手をした女性たちも、村の娘ばかりではなく他所から子種を求めてやってきた女性たちであったそうだ。

3

「大河さんには、大変失礼なことをしました。心からお詫びいたします。はじめに明かすことができずにいたのは、今後の参考にするうえでも、大河さんにはお知らせせずにとの方針があったものですから……」

丁寧に詫びる由乃に、けれど、大河は怒る気にはなれなかった。

なんとなく途中から、薄々感じるものがあったのだ。

「やっぱりそうですか。そりゃそうですよね。いくら王様といえども、僕があんなにもてるわけないですよね。なんとな～く気づいていました。そうじゃないかなぁって……」

もしかすると、美女たちが求めているのは、王様の自分ではなく、大河の子種なのではと。そうと悟った上で、誘いに乗ったのだから大河に怒る筋合いはない。

「気づいた上で、知らぬふりして、僕は誘惑にのり……。流されたとはいえ、やりたい放題……。なのにお目付け役の由乃さんにまで手を出そうとするなんて、恥ずかしくて穴があったら入りたいです」

本気で恥じ入る大河に、由乃が何を思ったのか、制服のポケットからスマホを取り出し、どこかと連絡を取りはじめた。

「すみません。沢崎です。私、今日はこれでオフにさせてください。構いませんか……？　明日の午後までお願いします……。はい。ありがとうございます」

どうやらホテルの事務室かどこかと話をしているのだろう。

電話を切ると由乃は、そのスマホをテーブルに置き、大河を見つめて、そっと頷いた。

「これで私、これからオフになりました……」

言いながら由乃が、ブラウスの襟元を飾るブルーのリボンを外していく。

「よ、由乃さん？」

外したリボンを丁寧に隣のソファの上に置くと、次に由乃は半袖のブラウスの前ボタンを外していくのだ。

「勘違いしないでくださいね。お詫びとか、そういうのではありませんから……。私のことを望んでくださった大河さんに純粋に応えたくて……。それに、私……。お目付け役でなければ、私だって大河さんと、その……」

全てのボタンを外し終え白いブラウスを恥ずかしそうに観音開きにすると、由乃はその華奢な肩をはだけさせていく。

小柄な体格は、ギリギリ一五〇センチあるかないかであろうか。

人形のような小顔が八頭身を超えるバランスに、細い首、すらりと長い四肢など、どう見ても華奢でスレンダーな印象を作り出している。

しかし、その実、二十五歳らしくすっかり女体を成熟させムンとおんならしさを匂い立たせている。

グラビアモデルですら羨《うらや》むであろうボン、キュッ、ボンのメリハリボディなのだ。

はだけられた胸元は、そこだけボリュームたっぷりで清楚な美貌に似合わぬほどに攻撃的な媚巨乳が健康的に成熟して、ずっしりと重く実っている。

　制服で張り出す丸みを隠そうにも、そのボリュームは布地を不自然なまでに盛り上げ、マッシブな質感が彼女の身じろぎひとつでもユッサ、ユッサと揺れていた。なのに、いまはあろうことかその制服を脱ぎ捨ててしまったのだから、そのたわわなまろみが薄い下着一枚残された女体で、所在なくも儚げに佇んでいる。

　先日、その鮮やかな水着姿をたっぷりと目に焼き付けてはいたが、下着姿ともなるとまた違った艶めかしさが漂う。

　いかにもそのブラジャーは、由乃らしく、まるで花の女神からの贈り物を思わせる清楚極まりないもの。ケミカルレースがふちどるブラカップは、オフホワイトの生地にモスグリーン系の刺繍糸で丹念に花びらを表現したアートな一枚。中央にはラインストーンチャームがきらりと輝く麗しいデザインだ。

　いわゆる四分の三のブラカップが、その透明度の高いデコルテも露わに、やさしくふくらみを包んでいる。

　にもかかわらず、水着とは異なり、見せることを意識していない下着だからこそ、たまらなく漂うエロチシズムがある。しかも、今日、由乃が、大河の前で下着姿を晒すことなど想定外であるはずで、見せブラとは明らかに違っている。普段着ではないにせよ、仕事着の下に着けた何気ないランジェリーには、期せずしてムンと匂い立つ色香があるのだ。

「由乃さん！」

目が眩むほど眩い光景に、その名を呼ぶばかりで言葉を失う大河。その存在を無視するかのように、由乃はソファから立ち上がると、濃紺のタイトスカートも脱いでいく。黒いパンティストッキングも脱ぎ捨て、由乃はその頬をうっすらと赤らめたまま消え入りそうな様子で立ち尽くした。

細く括れたウエストは、女性らしい丸みも滑らかに、砂時計さながらに絞り込まれた六十センチほど。大河の両手で摑めてしまいそうな細さだ。

にもかかわらず、そこから急激に張り出した腰つきは、その胸元に負けじと発達し、蠱惑的なボリュームを誇っている。

側面から見れば、腰高に頂点高く突き出すような洋ナシ型の完璧な美尻。正面から対すると、艶やかな逆ハート形を形成して、ムッチリほっぺの尻朶を、プルン、プルン、とやわらかそうに震えさせて歩くことを大河は知っている。

「あの、これはつまり……。由乃さんが僕と……ってことで、いいのですよね？」

これまでの展開以上に、信じられないことが起き、思わず彼女に確認せずにいられない。清楚なレース生地の下着姿になった由乃は、頬を赤く上気させながらこくりと小さく頷いた。

「ディナーを一人分、追加してください……。あっ、それに朝食も……」

後半の「あっ、それに……」のあたりから、消え入りそうな声になるのがカワイイ。しっかりもののお姉さんタイプであるだけに、恥じらうそのギャップに大河の心臓がきゅんと鳴った。同時に、〝朝食〟のキーワードに下半身が早くもざわつく。

「あの。その間に私、シャワーを浴びてきますね……」

そう言い残し由乃が女体をくるりと回れ右させたので、大河は慌てて彼女を止めた。

「待って！　シャワーは待ってください。由乃さんのそのままの匂いが嗅ぎたい！　恥ずかしいだろうけど、お願いです」

大河の懇願に、虚を突かれたのだろう。振り向いた小顔で大きな瞳がぱちくりしている。すぐに、その意味を悟ったらしく、由乃は両腕で自らのバストを抱いた。

やや下膨れ気味の頬などは、ひどく真っ赤だ。

「ああ、そんな……恥ずかしすぎます！　私、ずっと仕事をしていて……。いくら空調の効いたホテルでも、汗をかいています。なのに、そんな匂いを嗅がせて欲しいというのですか……？」

ダメ元でぶんぶんと頷いてから、それでも無理強いはしたくないと思いなおし、言葉を付け加えた。

「変態チックな頼みですみません。でも、由乃さんの匂いだからそうしたい……。普段はそこまで変態じゃないのですよ。目、口、手、肌、もちろんち×ぽでも、全て総動員して由乃さんを感じたいのです……。鼻にも、由乃さんの匂いを刻みたい。それは由乃さんだからで……」

熱く口にしながら、何とかこの思いが伝わって欲しいと切に願った。

「もう！　大河さんが、そんな変態さんだったなんて……。仕方がありません。それが王様のお望みなら……。でも、やさしくしてくださいね……」

殺人的な可愛さで、赦《ゆる》してくれる由乃。けれど、それがよほど恥ずかしかったらしく、走るようにベッドルームの方に逃げ出してしまった。

4

心地よい空調の効いたベッドルームは、大河が借りているワンルームの部屋より間違いなく広い。

その中心には、特注らしき天蓋付きのワイドキングサイズのベッドがどんと置かれている。

両サイドには瀟洒《しょうしゃ》なテーブルが設《しつら》えられ、まさしくロイヤルスートルームの趣きを漂わせている。

午前中のうちに、ベッドメイキングが入っているから清潔なシーツに換えられている。

そのベッドの中央で、夏掛けにその腰までを潜り込ませ、しどけなく女体を横たえた由乃がいる。

先ほどまで頭の後ろでシニヨンにまとめられていた髪が、いまは解かれ白いシーツの上に美しく広げられている。

漆黒に気づくか気づかないか程度にすみれ色が溶かされた深い色合いのつややかに流れるロングヘア。豊かな雲鬢が華やかに色を添え、あでやかにもしっとりとした色気を放つ。

（ああ、やっぱり由乃さん。きれいだぁ……！）

由乃の言う通り、大河は、フロントにディナーと朝食をオーダーしてから、大急ぎで彼女が逃げ込んだベッドルームへと駆け付けた。

途端に、出会ったのが由乃のそのしどけない姿だった。

その美貌は、細められたやさしい眼差しも切れ長に、煌《きら》めく黒目がちの双眸《そうぼう》がくっきりとした二重に美しく彩られている。

女性らしい甘さを感じさせるのは、その眼が少しだけ離れ気味なせいであろう。決して高くはないが、まっすぐに美しい鼻梁。その唇は、ぽってりと官能的な肉花びらで、いざ微笑むと花が咲いたかのように周囲を明るくする。

やや下膨れ気味な頬にはやさしい愛嬌のようなものを載せ、すっきりとしたあごの線やや丸く滑らかな額なども、いずれ負けじと美しい。

いつの間にか由乃はメイクを直したらしく、その艶やかさにさらに拍車がかかっている。

薄化粧なことに変わりはないが、唇の紅が鮮やかで、アイラインも綺麗に引かれ直していた。

ここに来て以来ずっと由乃を視線で追ってきた大河だから、わずかな違いにもすぐに気づいた。

「大河さん、私を抱いてください。他のお妃さまほど大河さんを悦ばせてあげられる自信はありませんが、精いっぱいご奉仕させていただきます……」

　ベッドに横たわる由乃が、不安そうにその顔を持ち上げた。あまりの美しさ、悩ましさに見惚《みと》れている大河を躊躇しているものと勘違いしたらしい。

　ゾクゾクするほどのおんな振りで、奥ゆかしく大河を待ちわびる由乃。

　感極まった大河は「由乃さぁん……」と、その名を呼びながら、もどかしく身に着けているものを脱ぎ捨て、ベッドにダイブした。

「ああっ、由乃さんっ！」

　感極まった雄叫びを上げ、横たえられた女体をきつく抱きしめた。

　スレンダーグラマーな肉体が、すっぽりと腕の中に収まる。しなやかでやわらかく、それでいて肉感的な抱き心地。ただ腕の中にあるだけで、大河の官能を根底から揺さぶってくる。

　激情がさらに募り、つい腕に力が入った。

「あん！」

　思いの他、悩ましい喘ぎにも似た悲鳴をあげる唇に、強引に貪りついた。

　一瞬、驚いたように目を見開いた由乃も、あえかに唇を開け大河の要求に応えてくれる。

（うわぁぁっ！　なんてなめらかな唇なのだろう……。それに甘い！　花びらに口をつけて蜜を吸うみたいだ……！）

　ここ数日の経験のお陰で、すっかり女性に免疫《めんえき》ができ、唇の感触を味わう余裕も生まれている。

　華やかな唇は、どこまでもふっくらとやわらかい。

　互いの口粘膜が擦れあうと、ピチャピチャと唾液音が、静かな部屋に響き渡る。

　控えめなピンクベージュの口紅に彩られた唇に舌を挿し入れ、唇裏の粘膜や歯茎を夢中で舐めすする。

「ふむん、ほむうぅ、んふぅ……っ」

　荒く鼻で息を継ぎながら、彼女の舌を求めて右へ左へと彷徨う。薄い舌がおずおずと差しだされると、勢い込んでざらついた舌を絡みつけた。

　絡めた舌が互いの口腔を行き来し、溢れ出る涎が口の端から銀の糸を引いて猥褻に垂れ落ちる。

「ああ、こんなに激しいキス、久しぶりです……」

　かつての男性経験を訪ねると、素直に二人だけと明かしてくれた。

　性を愉しむことは生きることを謳歌することと、大胆なことを教えてくれた割に、意外に本人は経験が少ないように思われる。

大河を悦ばせる自信がないと言ったのも、あながち謙遜《けんそん》でもなく、その少なさが理由のようだ。

けれど、大河には、かえってそれが清楚な由乃らしいと思え、好ましく感じられる。

「うふぅっ、んうぅっ、ぉうぅっ。あはぁっ」

吐息のねっとりとした甘さ、朱唇のグミのような弾力、口腔粘膜の温もり、そのどこもかしこもがたまらなく大河を夢中にさせる。中でも、由乃の舌腹は、そのやわらかさや滑り具合が女陰を連想させ、どうにもたまらない気持になった。

「由乃さんの唇、とても官能的で、ずっと味わっていたい気にさせられます！」

互いの唇の形が変形し、歪《ゆが》み、引き攣《つ》れ、ねじれていく。

マシュマロを連想させるふわふわ女体をさらにきつく抱き締め、ひたすら唇を奪い続ける。

情熱をたっぷりとまぶした眼も眩むような口づけ。由乃の中で眠るおんなの本能を呼び覚まそうと、熱く、熱く、どこまでも熱く唇を貪り続ける。

五分、十分と長く続くキスに、その想いが通じたのか、いつの間にか由乃は、大河の太ももにすんなりと伸びた美脚を絡みつけている。股間のあたりがむず痒いのか、さりげなく擦りつけてまでいるのだ。

「んふぅ、あはあっ、んんん……っ」

息継ぎの時間さえ惜しむほど唇を合わせ、舌をもつれさせる。

優美な雲鬢の中に手指を入れ、繊細な髪を愛しさと共にかき乱す。ひたすら甘い息苦しさの中、時の流れさえ止まりそうだ。

どれほど由乃の唾液を啜ったことか。ようやく離れたときには、混じりあった二人の唾液で、彼女のルージュがべっとりとふやけていた。

「由乃さん……」

「ふぅぅっ。こんなに情熱的なキスは初めてです……」

そう言うと由乃は、名残を惜しむように大河の頬に甘く口づけをくれた。

その可憐な表情が、悪戯っぽく変化して殺人的なまでに色っぽい。

「由乃さん、それ本当ですか？」

紅潮した頬が、こくりと頷いた。その後に、何か物言いたげに首をかしげる仕草。

大河も首を斜めに傾げて促した。

「あのね、大河さん。私のこと由乃さんと呼ぶのやめてください。さんづけや敬語ももう……。私は大河さんのお妃に……おんなになるのですから……由乃と……」

秋波を含んだシルキーな囁きに、耳元をくすぐられる。

「うん。よ、由乃……さん」

あまりの照れくささに、つい日和《ひよ》ってしまう。

「ほらダメですぅっ……さんはいりませんっ！　由乃って、ね、もう一度」

甘え上手に、かぷっと耳朶を甘噛みされた。

「よ、由乃！　由乃のこと、大好きだよ」

お返しとばかりに、美貌にやさしく唇を当てる。つるんとした頬が驚くほど甘い。丸く滑らかな額にも口づけすると、由乃が蕩けんばかりに微笑んだ。

「はい。大河さん。うふふ。うれしいです。私も大河さんが好き……！」

照れくさそうに言いながら由乃が大河の首筋に細い腕をむぎゅっと巻きつけてくる。腕のすべすべした肌触りに直接首周りを刺激される。二の腕さえも、ふんわりと食パンの生地のようにやわらかい。

大河は、いま一度ちゅちゅっと朱唇を掠めてから、いよいよその唇を移動させていく。

まずは小顔のあちこちをやさしく啄み、首筋へと進ませる。

「んっ！」

くすぐったそうに首をすくめながらも、ぎゅっと眼を瞑《つむ》り大河のするに任せてくれる。

やがて口づけは、肩からデコルテラインへと移り、美しい鎖骨を唇に捉えた。

「んっ、んんっ……！」

短く喘ぎながらも、噤まれている朱唇が開かれることはない。

声を出すのが恥ずかしいのか、そうすることがおんなの嗜《たしな》みとわきまえているのか。

いずれにしても、ちょっぴり古風で、奥ゆかしくも好ましい印象を大河に与えてくれる。

「我慢せずに、由乃の喘ぎを聞かせて……。耳でも由乃を感じたい……」

やさしく囁いてから、再び繊細なガラス細工のような鎖骨を上下の唇で挟み、やさしく舐めしゃぶる。

同時に、鉤状にした手で、そっと薄い肩から二の腕を撫でていく。

(昨日は、サンオイルを塗りつけていたから気づかなかったけど……。オイルなんかなくても全然滑っていく……！)

指の腹をつーっと這わせては、彼女に予測がつかないように戻らせたり、内側にカーブさせたりして、絹のような肌を愉しむ。

「あッ、あん……ん、んぅ……っく」

大河に求められたからだろうか、控えめな声が愛らしい唇から少しずつ漏れはじめる。

特に、鎖骨をしゃぶられるのが弱いらしく、丸く滑らかな額に皺を寄せ官能的な表情を見せてくれる。

それに勢いを得た大河は、今度は舌も使い浮き出た鎖骨をなおもしゃぶる。

空いている方の掌で頬の稜線をやさしく撫でながら、さらにもう一方の手を肘のあたりから前腕に伸ばし、さらには手首のあたりへと滑らせる。

掌の中も触れていくと、すっと大河の手を握りしめてくる。

「由乃……！」

しばし、指と指を絡み付けながら、またしてもキッスを交わす。けれど、振出しに戻ったわけではない。その証拠に由乃の吐息は、熱く、甘いものへと変化している。

少しずつ肌を敏感にさせ、微熱を帯びてきているのだ。

なおも大河のやさしい唇愛撫は続く。

女体の丸みや起伏を唇や指の腹で、時に円を描き、時に戻り、ゆっくりと着実に触れていく。

細身《ほそみ》の由乃なのに、ぷにぷにと肉感的な女体の秘密を探るように、やさしく触る。

「んっ、んっ……あっ、あんっ……ぅふぅ……あぁ……っ！」

　時折、ビクンと由乃が反応する官能の泉を探り当てては、その場所を頭の中に叩き込み、また素知らぬ振りで別の場所に移動する。その癖、突然、その場所に戻り、ちゅっと唇を軽く当てたり、舌先で舐め上げたり、はたまた指先でなぞったりと、戯れることも忘れない。

　どれほど時間をかけても大河には愉しい限り。愛しい由乃の肌触りや匂い、色や吐息をまさしく五感で味わっているからだ。

　自分でも驚いたのは三十分が過ぎても、未だ由乃の上半身を彷徨うばかりで、しかも乳房にも到達していないことだった。

　確かに、早くそのふくらみに触れたい欲求や下半身に責め進みたい気持ちはある。けれど、決して焦れていないのは、由乃の絹肌の瑞々しさややわらかさ、弾力や匂いが極めて魅力的であることに他ならない。

　どこをどう触っても、どこにどう口づけしても、そのたびに感動し、得も言われぬ悦びが湧き上がるのだ。

「あん……大河さん……。とってもやさしくしてくれるのですね……。こんなにやさしく扱われるの初めてです……。でも、これでは私ばかり気持ちがよくて、大河さんはもどかしさに焦れてしまうのではありませんか？」

年上らしく慮《おもんばか》ってくれる由乃のやさしさ。こちらに向けられた潤んだ瞳が清楚でありながら色っぽい。

「そんなことはないよ。由乃のシルクのような肌に充分悦ばせてもらっている。僕の手とか唇が触れるところから、ポッとピンクに色づいていくところなんか、もう艶めかしくて、エロくて……。なのにもの凄～く、上品で。感動しちゃっているくらいなんだよ」

正直な想いを幾分興奮気味に口にすると、「いやん」と由乃が恥じらいを見せる。そのあまりの大人可愛さに、大河は目の前にあったお臍にぶちゅっとキスしたほどだ。

「ああん、そんなところにキスしちゃいやです……。あん、くすぐったいぃ……」

ようやく彼女の口調が敬語を忘れつつあることに、緊張がほぐれリラックスしているのだと知れた。

ならばそろそろ次のステップに移行してよい頃と見定めた。

「ねえ。そろそろ邪魔なこれを外してもいい？　由乃のおっぱいを見せて……」

やさしく囁くと、クスクス笑っていた美貌がハッとした表情になる。それでも由乃は、すぐに小さく頷いてくれた。

「とっても恥ずかしいけれど、大河さんに私の全部を見て欲しい……」

頬をこれ以上ないというくらい赤らめながらも由乃が許してくれる。

「ありがとう……」

心からの感謝を口にして、大河は彼女の正面から背筋へと両腕を回し、女体を抱きしめるようにしてブラジャーのフックを外しにかかる。

こればかりは手馴れていないものの極上の抱き心地を堪能しながらの作業は、この上なく愉しい。

「うふふ。背中、くすぐったいです……」

むずかるように由乃が明るく笑う。

何度目かの試みの後、ついに、ぷっと軽い音を立て、フックが左右に泣き別れた。

「ああ、ようやく由乃のおっぱいとご対面だ」

「もう、大河さんったらぁ……」

締めつけを緩めたブラジャーを、ゆっくりと両腕から抜き取った。

まろび出た乳房は、目も眩まんばかりの神々しさ。

支えられていたまろみが、その質量の大きさに、少しばかり左右に流れたものの、それでも見事なまでに美しいドームを描いている。

十代の肌と見紛うほどのピチピチしたハリのお蔭で、その重々しさに負けることなく容《かたち》を保つのだろう。

乳肌も、他の肌同様にアラバスターの如く白く滑らかで、透明感に満ちている。その頂点では、色素の淡い薄紅が、きれいな円を描いている。

乳頭までもが、清楚な由乃にふさわしく控えめな大きさで、大河の小指の先ほどもあるだろうかと思われるほど。それでいてツンと綻べば、上向きに角立ち艶めかしくもその存在を主張するはずだ。

大河は、あまりの興奮に声もないまま、ねっとりとした手つきで、その乳房の側面を双の手で覆った。

「あん！」

いきなりの狼藉に、シルキーな声質が甘く掠れる。けれど、それっきり由乃は身じろぎするでもなく、ただじっと大人しくしてくれる。

つるんと剝き玉子のような純白乳房は、まるでワックスが塗ってあるかのように、つるすべであるにもかかわらず、しっとりと掌に吸いついてくる。

側面から悪戯に押すだけで、ふるるんと艶めかしく揺れるのだ。

大河は、その弾力を確かめようと掌を下乳にあてがい直し、容《かたち》を潰すようにむにゅりと揉みあげた。

「あっ……んんっ……あんん……っ」

色も容《かたち》も白桃の如き美形に整った乳房が、角立つメレンゲか、はたまた極甘生クリームのふわふわ感さながらに、Ｆカップもありそうな大きさに発育し、魅惑のドーム状に盛り上がっているのだ。

バストトップからアンダーの差が大きいため、ボリューム感では、かつてのどの女性たちも超えていく。

仰向けになってもその自重に逆らう肌のハリがありながら、まるでできたてプリンさながらに下乳の付け根まで見せて揺れまくる。

それでいてスポンジのような弾力、そして低反発クッションのような反発力が心地よく手指性感を刺激してくれるのだ。

しかも、その先端の凄まじいまでの可憐さはどうだろう。色合いも愛らしさも桜貝に劣らぬ小さな乳暈なのだ。

その中心で、透明感に充ちた純ピンクの乳首が、雲母《うんも》の如き薄さの高さで段差をつけ、健気にもその存在を訴えている。

大河が、ムニュリと下乳から圧迫すると、その清純そうな乳暈ごと乳首が張りつめ勃起さながらに尖るのだが、未だその発情が足りないのか乳首自らがしこりを増してぴんと勃つほどではない。

ならばとばかりに大河は、丸みの輪郭を繊細なフェザータッチでなぞっていく。

途端に、由乃はクッと唇を噛んだ。

ピリピリと肌を敏感にさせていくのが判る。

「由乃のおっぱいは最高だよ。やらかくって、すべすべしていて、しかもこんなに敏感なのだね。とてもまじめそうに澄ましてコンシェルジュなんてしているのに」

「あぁん、いやです……。澄ましてなんていません。それにコンシェルジュなんて今は関係ありません」

ふるふると力なく首を振る美貌が、赤く染まっていく。羞恥もあるのだろうが、沸き立つ興奮に紅潮しているのもあるらしい。

「ああ、そうか、お客さまの要望を誰よりも聞くのがコンシェルジュの役割だものね。いまは、こんなふうにおっぱい触られて敏感にさせるのが、僕の要望だから、やっぱり由乃は優秀なコンシェルジュなのだね」

「もう大河さんの意地悪ぅ……。でも、大河さんが本当に悦んでくれるなら、私、この胸を誇らしく思います。普段は、男性の視線がここにばかり集中してしまい、疎《うと》ましく思うこともあったので……」

なるほど細身のカラダでこれほどのバストをしていれば、男の視線が集まるのは当然だ。

「疎ましくなんて思う必要なんて全然ないよ。こんなに甘い匂いがしているし、容《かたち》だってきれいだし、とんがりまん丸型に突き出していて、エロいのに清楚なのだから最高だよ。グラビアとかビデオとか、僕が色々見てきたおっぱいの中でも、由乃のおっぱいがナンバー1！」

なおも大河はやわやわと外周をなぞりながら太鼓判を押した。

できることならすぐにでも乳首を口に含んだり、揉み潰したりと、本格的に乳房を責めたいが、まずは由乃を裸にしてその全てを拝んでおきたい。

大河は、魅惑のふくらみに後ろ髪を引かれつつ、その体をずらし、その下腹部を覆う夏掛けを勢いよく跳ねのけた。

5

「きゃあ……」

可憐に悲鳴をあげながら、またしてもぎゅっと目を瞑る由乃。伏せられた長いまつ毛が小刻みに揺れる。

「やっぱり由乃の脚は、きれいだなぁ！」

完全無欠の悩ましい脚線に、思わず手指を這わせると、大理石のようにツルスベだった。

爪先をきゅっと天井に向けると、子供を孕んだ若鮎のようなふくらはぎが、躍動して引き締まる。

左右に丸く大きく張り出した腰部は、いかにも女性らしく嫋《たお》やかで、まさしく生唾モノの腰つき。蕩けるやわらかさの太ももが、艶光りして直接触れられるのを待ちわびている。

「おおっ！　由乃の太もも、ほっこりとしていてやわらかい……」

瑞々しくもピチピチの太ももに頬ずりしながら、もう片方の脚もねっとりと撫でまわす。

欲望のままにほっこりした温もりを撫でまわしていると、微かに酸性の臭気が立ち込めた。

「まさかとは思うけど、もしかして由乃、濡らしているの？」

くんくんと鼻を蠢かし匂いの源泉を探ると、股間の付け根のあたりであることは疑いようがなかった。

「ああ、ダメっ。だめです。大河さん。そんなところ嗅がないでください」

目を瞑っていながらも、その気配で察した由乃は、慌てて双の掌で大河の顔を妨《さまた》げた。

けれど、狼狽《ろうばい》する由乃を置き去りに、なおも大河は鼻をふごふごと蠢かせ匂いを探る。掌では匂いなど隠せないことをいいことに、股間のあたりをしきりに嗅いだ。

「ああん。いやです……こんなところの匂いまで嗅がれるなんて、聞いていません。大河さん、許してくださいぃっ！」

大河の頭を押さえきれないとみるや、由乃は掌で自らの股間を覆い儚い抵抗を続ける。それでいて由乃の口調は甘く、悪戯な仔犬を咎めるよう。奥ゆかしくもおんなの嗜みを匂わせるばかりで、半ばあきらめている様子。そんな由乃に、大河は思わずニンマリした。

「だって、この匂いも由乃の匂いだよ。だから、僕は絶対にここの匂いをしっかり嗅いで、記憶に焼き付けなくちゃ！」

「もうっ！　大河さんの意地悪ぅ……。そんなふうに言われたら恥ずかしいのを我慢するしかなくなります……。もう！　好きにしてくださいっ!!」

あまりの羞恥にくびれ腰を捩じらせながらも、由乃の掌がおずおずと引き下がっていく。

それをいいことに大河は、パンティの船底に鼻を付け、周囲の酸素を吸いつくす勢いで思い切り嗅いだ。

「あぁ、これが由乃のフェロモン臭……。甘くて切なくて、ちょっぴり酸味があって……。それに、ちょっぴり大人の匂いが濃いかな……」

実際そうは言ったものの、その匂いはヨーグルトに蜂蜜とバナナを加えたようなフルーティな酸味を感じるばかりで、汗ばんでいる割に饐《す》えた感じはしない。不快さなどまるで感じなく、大河の性欲を高めるばかりだ。

「いやぁん。もう、大河くんのエッチぃっ！」

身悶えして、しきりに恥じらう由乃。どういう心境の変化なのか、ようやく「さん」から「くん」に昇格させてくれた。

「おおっ、恥ずかしがると、エッチっぽい動物性の酸味が増してくるんだね。なんだか、匂いでち×ぽをくすぐられているみたい!!」

ムズムズと疼く下腹部を由乃のせいにしながら、なおも大河はパンティの船底に鼻先をぐりぐりと押しつけた。ピチピチほこほこの太ももを撫で回しながら、鼻先を振動させて股間に擦りつける。

「あううっ……そ、そんなことされたら、匂いが滲み出るの当然です！」

甘さを増した口調に、時折、敬語が混じるのもご愛敬。その距離感が心地いい。

その切なさを伝えようとするものか、大河の髪に由乃の掌が差し込まれ、しきりに頭皮をまさぐってくる。

「あんっ……あっ、あぁっ、だめです、私、敏感になっちゃうぅ……」

こうなれば下腹部に残された最後の薄布を早く脱がせたい。けれど、大河は、はやる気持ちを懸命に抑えた。

「ねえ。お願いがあるのだけど。へへぇ。やっぱ変態じみたやつ……。いま由乃が穿《は》いているこのパンティが土産に欲しいんだけど。たっぷりと由乃のHな匂いが染みたやつ。いいよね？」

ここまでくれば立派な変態と自覚するが、欲しいものは欲しいのだ。他の女性には決して頼めないことを頼みやすいのも由乃の魅力の一つかもしれない。

真っ赤にさせたややしもぶくれ気味の頬が、期待通り、縦に振られた。

「本当に？　やったあ！」

子供のように歓んでみせ、目をいやらしく三角にさせて、顔を股間の至近距離に運んだ。

「せっかくだから、由乃のHな匂い、もっとたっぷり染みつけさせてね」

人差し指を一本、ぴーんと伸ばし、パンティの船底に押しつけると、縦渠の位置を探るように、ゆっくりとなぞり上げた。

「はうぅぅ……んっく……うふぅぅ……っ！」

びくんと蜂腰を跳ね上げながら漏れかけた喘ぎを由乃は人差し指を唇に咥えて抑える。

小さな鼻翼が、愛らしくふくらんでいる。眉が八の字を描き、頬に純ピンクのつや玉を輝かせ、日本的な美貌をこの上なく扇情的な印象に換えていく。

「本当に、Hな匂いがムンムンしてる……。この匂いを全部、パンティに移さなくちゃ！」

薄布がWを描くくらいにまで、指先で縦渠に食い込ませる。なおもしつこくあやしていると、ついには恥裂の位置はここと明かすように、オフホワイトの生地にくっきりと濡れシミが浮かび上がった。

「うわぁお！　パンティがいっぱいお汁を吸っている。ほら、判る？」

シミを指で押すと、ぢゅわぁっと愛液が滲むほど。

パンティを押しつけられ、ひしゃげている花びらのあたりを、人差し指と中指でV字をつくり、その爪の先でカカカっと引っ掻いていく。敏感な部分であると承知しているから、繊細なタッチは忘れない。

「あっ……つくうぅ……んふぅっ……ふぁ、あっ、あぁ〜っ」

清楚極まりない由乃のことだから、パンティを食い込ませてカラダを痺れさせる経験などないはず。故に、その羞恥たるや身を焼くほどのものであるはずだ。

それでも由乃は指を咥えたまま、悪戯に耐えてくれている。そんな彼女だからこそ、大河は劣情を刺激され、加虐的に獣欲を露わにしてしまうのだ。

「ああ、待ってください……。お願いです。そんなに悪戯しないでください……」

ついに由乃が音《ね》をあげたのは、大河がパンティの濡れシミに、直接鼻先を付けたからだ。

パンティごと鼻梁を縦渠に埋め込むように押しつけているから、彼女が悲鳴をあげるのも当然だった。けれど、興奮に逆上せあがった大河に、制止の声など届かない。

ムッとするような女臭を嗅いでいるだけに、頭の芯がクラクラしてくる。

「あっ、あうっ、ううっ……あっ、あぁん!!」

鼻先で掘り起こし、さらには、グイグイと敏感な部分に押し付ける。最早、由乃に声を抑える余裕はなく、白い頤《おとがい》を反らせ、蜂腰を右に左にのたうたせるばかり。

「ああ、激しい……。お鼻に犯されちゃうぅ！」

トリュフを探して大地を掘り起こす豚になったようにに、大河は匂いの源泉に擦りつける。

「あっ、あんっ、あはんっ……もうっ、大河くんのバカぁ……っ！」

由乃に甘く詰《なじ》られても、心が湧きたつばかり。大河は、返事代わりに敏感な牝芯を狙い鼻先で押し上げた。さらには、指先も運び、外陰唇を執拗に撫で擦る。

「ひうっ、あ、あああ。そこダメです、由乃、おかしくなっちゃうぅ～～っ！」

艶めく声に、大河は頭を起こし、その美貌を見やった。

花びらさながらの朱唇に、ひと房の髪を咥え、色っぽくわななかせている。その唇に官能的な肉びらが連想され、ついに大河はパンティのゴム紐に手をかけた。

「じゃあ約束通り、このパンティもらうからね！」

にんまりと恵比寿顔《えびすがお》をつくり、そう宣言すると、美女フェロモンをたっぷりと染み込ませた薄布をゆっくりと引き下げた。

淑《しと》やかに生える陰毛が、ゆっくりと全容を露わにする。漆黒の草叢は、露わに濡れ光り輝いている。一本いっぽんが密に恥丘を覆うその下に、夢にまで見た秘密の花園がひっそりと佇んでいる。

「ああ、どうしよう。由乃、あそこがじゅんって疼いています」

細い腰回りが妖しくうねる。その破壊的な眺めが、いやらしく大河を瞬殺させる。

「由乃のおま×こ、よく見たい！　目にも脳にも焼き付けるから……」

あからさまに言うと、さすがに由乃は「いや……」とか細く漏らし顔を背《そむ》けた。太ももが内またに閉じられ、神秘の眺めが遮《さえぎ》られてしまった。

「いいよね？」

千々《ちぢ》に散《ち》らばる豊かな雲鬢に埋もれた美貌を覗き込み、手指を内ももにあて、やさしく左右に割り開いた。

従順なまでにまるで抵抗なく、泣き別れる内もも。しっとりとやわらかな手触りには、乳房とはまた違った官能がある。

「あん、恥ずかしいです……」

逆Vの字に大きくくつろげさせ、その開いた空間に大河は体を割り込ませた。

指先でそっと繊毛を摘《つ》まむと、女体がまたしてもびくんとうねった。

見た目よりもさらにやわらかな陰毛。繊細な毛質をしょりしょりと梳《くしけず》る。

「大河くん……。あぁん、本当に恥ずかしいの……。お願いだから、そんなに苛《いじ》めないでください……」

やわらかな手が大河の手首を捉え、羞恥の声を漏らした。

大河は捕まえられた手をそのままに、ただじっと彼女を見つめる。すると、その手から力が抜け、またしてもおずおずと引き下がっていく。白くしなやかな手は、自らの美貌を覆い、観念するようにつぶやいた。

「いいわ。見てくださいっ。由乃のあそこを……」

いつまでも羞恥心を忘れない由乃だから本当は、身を焦がすような思いのはずだ。それでも従順でいてくれる彼女に、大河は愛しさが込み上げた。

「ありがとう。由乃……」

やさしく囁いてから、再び視線を秘部に張りつけた。

潜んでいたのは、あまりに卑猥で、そして美しい女陰だった。

剝きたてのゆで卵にも似た、大陰唇の中心に刻まれた清廉な縦スジ。その裂け目は、和香よりもさらに狭いと思われる。縦渠の両サイドを華奢に飾る花びらが、ひくひくと喘いでいる。

微かに覗かせる内部には、鮮やかな純ピンクの薄ちりめんが、いやらしく幾重《いくえ》にも折り重なり、海の中に揺蕩《たゆた》うように蠢いている。

白皙の如き純白の肌がそこだけ色素を沈殿させ、熟しきったざくろのように鮮やかに色づいているから余計に艶めかしい。

さらに、そこから立ち昇らせているのは、生々しさを増した濃厚なフェロモンなのだ。

清廉でありながら淫靡としか言いようのない女性器に、大河はごくりと生唾を呑みこんだ。

乙女の如き清らかな印象を漂わせる由乃が、これほどまでに扇情的な器官を隠し持っていようとは。

途方もない魅力にあふれた造形は、まるで由乃とは別の生き物のように蠢き、妖しく大河を誘うのだ。

「由乃。もう見ているだけでは堪らない。触るよ！」

「は、はい。触ってください」

ついに大河は矢も楯もたまらず、ぐちゅぐちゅに潤った淫裂に指先を添えた。それでも、いきなり花びらには触れずに、ふっくらとした肉土手をそっとなぞり、徐々に花びらの縁に寄せていく。

「あっ、あん……うっく、くふぅっ……んんっ、あっ、ああっ」

苦しげに息を詰め、わずかに腰をくねらせる。

透明な蜜液を指になじませ、肉花びらの表面をあやした。

指先が触れるか触れないかのフェザータッチで、繊細に滑らせた後、薄い鶏冠《とさか》のような小陰唇を親指と中指に挟み、やさしく揉み潰す。

「あん……あっ、ダメです……ふぁ……あぁ……あはぁ……」

膣口や小陰唇の表面に小さな円をいくつも描いていくと、喰い縛られていた白い歯列がほつれだし、甘い啼き声が絶え間なく漏れた。

M字に開かれた美脚が、伸びたり縮んだりと踵をベッドに擦り、じっとしていない。

「気持ちいい？　感じているんだよね？」

由乃が見せる艶めかしい反応に、大河はさらなる行動をとった。

ぴんと伸ばした中指を、秘唇の合わせ目にひっそりと身を隠す女核へと進めたのだ。

「ひうっ……！」

丸みを帯びた媚尻が持ち上がる。ドーム型の乳房に激震が走った。

先ほどまでのフェザータッチによる微悦とは異なり、衝撃電流のような快感が一気に女体に押し寄せたのだ。

否、タッチ自体は、いまもフェザータッチに近く繊細なものを逸脱していない。触れた部分の感度の違いが激烈なのだ。

「ダメですっ！　ダメなの……。いまそこを弄られると由乃、おかしくなります!!　すぐに我慢できなくなっちゃいますぅぅ～～っ！」

由乃の狼狽《うろた》えぶりは尋常ではなかった。それだけそこは由乃の弱点であるということだ。

「おかしくなるって？　我慢できなくなるとどうなるの？　由乃がそうなるのを僕は見たいのだけど？」

「だめ……だめぇ……」とつぶやきつつも瞳を潤ませる由乃。軽くツンと突いただけでも腰が浮くのだから、さらにそこを弄られればイキ乱れるのは必定だ。

「抵抗したってムダだよ。僕はどうしたって由乃をイカせまくるつもりだから。由乃の淫らなイキ貌も絶対に目に焼き付けたいんだ。由乃のおま×こは土手の上付きだから、脚を閉じていてもクリ転がししてあげられるよ」

そんな破廉恥《はれんち》な言い回しをしながら大河は、なおも美女最大の弱点である薄紅の秘玉、クリトリスを狙い、手指を蠢かせた。

「いやぁ……イキ乱れるなんてダメですぅ……あっ、あっ、あぁ～～っ！」

再び太ももがX脚に内側に閉ざそうとしてしても、可憐小ぶりな秘唇の上端が覗けてしまう。品のよい上付き秘唇は無防備に等しいのだ。

「うわああ、すごいよ。やっぱりここは敏感なのだね。触れた途端、やわらかおま×こが、くぱーって開いたよ」

「いやあ、言わないでください……。感じ過ぎて、抵抗なんてできないのです……」

紅潮した頬が、激しく左右に振られる。扇に広がる雲鬢が、悩ましく左右に揺れた。

男の指の感触が女心を刺激するのか、さらに蜜液がどくどくと溢れてくる。

「ほら、由乃は口では嫌がっているけど、ま×こを開いたら、中からトロトロの熱いお汁がジュワーって溢れてきたよ。由乃のピンクま×こは、焼いたマシュマロみたいに熱々トロトロなんだね！」

辱めれば辱めるほど、由乃の美貌は冴えていく。

「ほらぁ、太ももを閉じてもムダでしょう？　だから、もう抵抗しないで。気持ちよ～くなって、イキ乱れてね」

まるで女陰に言い聞かせるように囁くと、大河は再び内ももに手指をあてがい羞恥の奥まで大きく開かせた。

その艶姿にうっとりと見入りながら、人差し指を無防備な陰核の上に載せ、極めてやさしく揉みこんだ。

「ひううぅんっ!! だ、ダメぇぇえええええええ〜〜っ!」

甲高い悲鳴と同時に、由乃の美脚がビーンと伸び切って緊張した。

「うわあ。ちょっと触られただけで、もうこんなに充血している。嫌がっている割に、愛らしいクリトリスをこんなに硬くさせて」

愛しすぎて苛めたくなる大河に、由乃はあまりに無力だった。

「あん、あん、あぁあああああああーーーっ!!」

あられもなく牝啼きするや女体はぶるぶると反応し、そこが最大の弱点と、自らの女体で証明してしまった。

「ものすごい感度だね。誰よりも感じやすいのかなあ……。うわあ、あんなに小さかったクリちゃんが、いまは根元から勃起してプリプリパンパンだ。米粒がピーナッツほどになったかなあ……」

実況する大河に「言わないでください」と恥じ入りながらも蜂腰をのたうたせる由乃。もはや悦楽を堪えることもできず、悩ましい乱れっぷりで嬌態を晒していく。

「もうイキそうになってない? そうでしょう。クリちゃん、弄られるの本当は好きみたいだね。じゃあ、病みつきになるくらいクリ転がししてあげるね」

嬉々として宣言すると大河は、指先でクリトリスの包皮を押さえるようにして、その根元を支点にコロコロと転がしはじめた。

陰核包皮を被せたまま、ピーンと勃起した牝芯をやさしく摘まみ、クニクニと回してやるのだ。

「あっ、あぅっ……。何これ……あぁ凄い……。根元から捩られている……あはぁ、クリトリス痺れるのぉ!!　あっ、あぅうっ、ぁあああああああ～～っ！」

可憐な美貌を強張らせ、女体に大地震が起きる。ぎゅっとシーツを握りしめながらバタバタとのたうつ女体に、高級ベッドさえギシギシと軋《きし》みをあげた。

「あんっ、ダメぇ。由乃イキそう……。ダメなの、恥をかいちゃう……いやぁん、だ、ダメぇぇぇえええええ～～っ！」

ついに由乃が絶叫をあげた。激しい乱れっぷりに、さすがに大河も唖然とさせられる。けれど、健康な女体がこんな責めを受け、堪えられるはずがない。

それでも大河は容赦せずに、なおも牝芯を転がしていく。

「ダメって言っても、由乃は気持ちよさそうだよ。いいのでしょう？　ほら、ふわふわま×こは、びちょびちょに溢れさせているよ。大丈夫。恥をかいても、見ないふりをしてあげるから、このままイキなよ」

「ああん、大河くんの意地悪っ……あはぁ……。そうよ。気持ちいいの……恥ずかしいのに、気持ちよすぎちゃうのぉ〜っ！」

どんどんふしだらな本性を晒し乱れゆく由乃に、なおも大河は辱めの言葉を浴びせていく。愛しさがボキャブラリーを刺激して、泉の如く湧き出るのだ。

「そうでしょう？　こんなにドピンクの成熟ま×こは、コチコチに勃起したクリを刺激されて、ドクドクお汁を吹き出させているものね。感じていないはずがないよね？」

「ああん、ドピンクだなんて、お汁だなんて、言わないでください……ひうぅっ、言わないでぇ〜っ」

「いいや。何度でも言うよ。由乃も正直に言ってごらん。由乃は普段澄ましているくせに、クリトリスを転がされると病みつきになって、おま×こをヌルヌルにする、はしたないおんなですって……」

「そ、そんなこと言わせないでください……あっ、はぁ……。恥ずかしぃです……。本当のことだから……本当に病みつきになりそうだから……ああん、大河くんの意地悪のせいで、恥ずかしいのに、イッ、イクッ……イクッ、イクッ、由乃、イッちゃいますぅうううううっ!!」

びくんびくんと女体のあちこちが悩殺的な痙攣をおこしている。誰の目にも由乃が絶頂を極めているのは確かだ。

「イッて。ほら、もっとイクんだ!!　コンシェルジュのクリイキ貌《がお》を、僕に見せて！」

「ああっ、そんな言い方いやです……」

なおも辱める大河に由乃が激しく首を振る。けれど、執拗な牝芯責めに痙攣する媚女体には、絶頂の津波が何度も押し寄せている。より大きな波が間近なのは、誰よりも由乃自身が自覚しているはず。

「イクのなら、いつも澄ましているコンシェルジュが、可愛くイクところを見てくださいって言ってごらん。ほら、由乃ぉ……」

「あっ、あっ、イ、イッちゃいます……。でも言えませんっ……イキそうなのに、言えないぃぃいいいいいっ！」

「もう我慢できないのでしょう？　本イキしそうだよね。かわいい貌が真っ赤になって、全身をつま先まで息ませて……。恥ずかしくないから言ってごらん。気持ちいいからイキながら言って！」

言わせることで由乃は堕《お》ちる。堕ちた先には、開放的なまでに途方もない絶頂が待ち受けているはず。本能的にそう察知した大河は、あくまでも言わせるつもりだ。

暗示の如く淫語を覚え込ませ、とどめとばかりに大河は唇に陰核を咥え込み、涎まみれにぢゅっと吸った。

「あぁぁんっ！　こ、コンシェルジュが、く、クリトつ、んふぅっ、クリトリスで、イ、イキますっ、み、見てください。イクところっ……もうダメっ！　イクの……イク、イクっ、イクぅうううううううううう〜〜っ！」

んふううううっと艶めかしい吐息と共にしなやかな女体がギュイーンと海老反《えびぞ》って純白アーチを描き、ぴたりと動きを止めた。

呼吸も止まっているようなのに大きな乳房だけが、余震にふるふると上下している。

そして数秒の時が流れ、由乃は女体をぶるぶるっとわななかせるや、ドスンと蜂腰をベッドに落とし、荒く息を弾ませながらドッと汗を噴き上げた。

「派手にイッたね。由乃。ものすごく色っぽかったよ……」

余韻の荒い呼吸も甘い由乃は、朦朧《もうろう》としたまま汗まみれの女体をしどけなく大河に晒してくれている。

お陰で、大河のやせ我慢も限界だった。

「もうバカ大河ぁ……。そんなになるまで、頑張ることないのに……。お願いです。

由乃にください……。大河くんのおち×ちん、由乃の膣中に……」

察した由乃が哀願するのは、健気なまでのやさしさだろう。

イキま×こを突かれる切なさも忘れ、意地悪した大河を許してくれるのだ。

6

すべやかで繊細な手指が伸びてきて、大河の肉塊をまるで愛しいもののようにやさしく包む。

まだ余韻が残る女体は動かすのも気だるげで、その動きはゆっくりとしたものだ。

「ほら、本当にバカなんだから……。おち×ちん、はち切れそうなまでに膨らませて……痛々しいくらい……。ください。これを由乃のおま×こに……」

上品な唇が淫語を口にするのは、大河の興奮を誘うことを意図してか。由乃は賢い年上のお姉さんコンシェルジュであり、人を慮るプロでもあるのだ。

「うん。ありがとう。それじゃあ、このまま挿入するね」

頷く由乃に、大河はそのやわらかい内ももに手をあてがい、ぐいっとさらに大きく開かせた。

くぱーっと透明な糸を引いて口を開ける恥裂には、由乃が握りしめたまま導いてくれる。さんざんやせ我慢してきたため鈴口は先走り汁でネトネトになっている。

大河が、そのまま腰を押し出すと、「んんっ……」と女体が痙攣し甘く呻いた。

「ぐぅうっ……！」

呻いたのは大河も一緒だった。濡れて潤んだ媚肉の凄まじい感触に、思わず漏れ出したのだ。

「由乃のおま×こ、気持ちいい……。ああ、ち×ぽが蕩けそうだよ」

和香よりもさらに小さいと思えた肉孔だから、さぞかし挿入に難儀すると思いきや、その柔軟性をいかんなく発揮して膣口をパツパツに開かせながらも、亀頭冠をぬぷちゅぷっと呑み込むと、あとはずぶずぶと迎え入れてくれる。

一度昇り詰めた肉体だからであろうか、甘味を感じるほどヌルッと滑らかな蜜壷は、驚くほどに複雑にくねりぬかるんでいる上に、大河の極太肉棒を奥へ奥へと導いてくれる。

しかも、みっしりと発達した肉襞が肉柱をしゃぶりつけ、挿入した先から溶かされていくような感覚だ。

「ぐうううっ。溶かされる。僕のち×ぽが溶かされちゃう……。あぁ凄いよ。おま

×こがヒクヒクして、ち×ぽにキスしてくるよ……。こんなに熱いキス、由乃のおま×こは、僕のち×ぽが好きなのかなあ？」

見た目に清廉《せいれん》でありながら二十五歳の年齢に見合う成熟度。否、それどころか早熟にも完熟に熟れさせている。華奢に思えた肉体は、蠱惑的な肉感に充ちて、完成されたエロボディなのだ。それをあらためて、己が肉棒で知る大河の幸運たるや、宝くじに当たる以上と言っていい。

「ああん、もう！　大河くんは由乃に恥ずかしいことばかり言わせたいのですね。いいわ。言います……。よ、由乃のおま×こは大河くんの大きなおち×ちんが大好きなの。だから、熱いキスをして、きゅんって抱き締めちゃうのです……」

すでにイキ恥を晒しているからなのか、大河を迎え入れ名実ともに男女の関係となったからか、由乃はこれまで以上に打ち解けて、その口調も恋人同士のような甘味マシマシになっている。

しかも驚いたことに、その由乃のセリフ通り、膣肉がきゅんと締まり、肉塊に吸い付いてくるのだ。

「おううっ……や、やばいよ。由乃のおま×こ……超具合がいいっ！　おうううっ、まだ呑み込まれる……付け根どころか、玉袋まで呑まれちゃいそうだ！」

ぬるん、ぬるるるるるるるんっと、その獣欲猛々しい肉勃起がさらに奥へと挿入されていく。大河自身に腰を押し出している意識はない。由乃の蜜壷が呑み込んでくれるのだ。

慌てて大河は、奥歯をぎゅっと噛みしめた。腹筋に力を込め、菊座もきつく締める。そうでもしなければ、射精させられてしまいそうなのだ。

一昨日は和香と、昨日は双子を相手に、夜更けまで何度射精したかも判らない。しかも、その間に不特定多数の女性たちとも交わっている。

いくら精力絶倫、やりたい盛りの大河とはいえ、それだけ撃ち放題にぶっ放してばかりいるのだから、そうたやすく早撃ちさせられるものではないはずだ。

にもかかわらず、由乃の媚肉を前にすると、今すぐにも降伏してしまいそうになっているのだ。

「凄いよ由乃！　なんていいおま×こなんだ……。名器って、こんなに素晴らしい道具のことを言うんだね……」

やわらかくも窮屈《きゅうくつ》なのは、肉襞が密生してうねっているからそう感じるのだろうし、その締まり具合は入り口と中ほど、さらには亀頭冠がくぐり抜けたあたりと三段締めになっているから鬱血させられるのではと思われるほど。

しかも、どう言えばいいのか由乃の膣は贅沢にも肉厚で、奥行きがあるのだ。大きな大河の肉棒を全て呑み込んでも、ようやくその鈴口が子宮口に届くか届かないかといった具合。お陰でしわ袋がぴっちり膣口を塞ぎ、その感触がかってないところまで挿入したように感じられるのだ。

「ああん。大河くんのおち×ちんだって、凄いです。太くて、硬くて……。由乃のこんなに奥まで挿入《はい》ってきたの大河くんが初めて……あはぁ、奥まで広げられているのに、気持ちがいいですっ！」

由乃がその長い腕を伸ばし、大河の首筋を抱き寄せる。愛しい男に甘えるように、みっしりとしがみついてくるのだ。

「やぁん……うそっ！　まだ大きくなるの？　あん、硬さも増していく！」

射精発作に見舞われたかの如く肉嵩《にくかさ》が増すのを大河自身も感じた。射精そのものは、まだかろうじて堪えている。にもかかわらずなおも膨れるのは、怒涛の興奮と感動に肉棒への血流が増したからだろうか。

蕩ける蜜壷の中、大河の肉塊は限界までパンパンに張り詰め、その竿部に絡みついた血管をドクンドクンと脈打たせている。その脈動が、由乃にも伝わるのだろう。早くその苦しみから解放しようと、やさしくすがりついては甲斐甲斐しくあやしてくれる。

「ああああっ、奥で脈打っています……大河くんのおち×ちんが、どくん、どくんって……切なく、疼かせているのですね……」

まるでナイチンゲールのような慈悲深い眼差し。大河の頭をやわらかく抱きしめ、やさしく撫でてくれている。

大河の頬にその母性の象徴であるふくらみを擦り付け、切ないまでの苦しみを癒してくれようとするのだ。

「ああ、由乃。愛しているよ。大好きだ……由乃……」

あの由乃に挿入しているのだとの精神的充足感も大きい。一度は諦めかけた意中の美女であっただけに、誰を相手にするよりも心が昂ぶって仕方がない。

人を愛することに時間など些細《ささい》なことなのかもしれない。刹那の恋であっても、大河がこれまで愛してきた女性の中で、由乃を一番愛していると断言できる。

「好きなんだ。大好きだよ。由乃っ！」

大河の方からも華奢na

痩身に腕を回し、ぎゅっと抱きしめる。抱き心地のいい女体に心が震えた。

「ああ、うれしい！　私も、由乃も大河くんが好きですっ！　愛しています……。あはぁ、うれしくて、またイッてしまいそう……しあわせなのですもの……あ、あぁっ、由乃、またイクっ！」

大河の腕の中、超絶美麗な女体がぶるぶるっとわなないた。愛らしくも楚々とした美貌が、アクメ顔に強張らせている。

あれほど慈悲深さを滲ませていた瞳は、淫らに潤み蕩け色っぽい限りだ。

おんなは惚れた男に抱かれるだけでイクことがあるとは聞いていた。けれど、まさか、それを目の当たりにしようとは思わなかった。

しかも、清楚極まりない由乃が、自分を好きだと言いながらイキ極めているのだ。これ以上男冥利《みょうり》に尽きるものはない。それほど由乃は情が深くいいおんなだということだろう。

「由乃、大丈夫？　僕、そろそろ動かしたいんだけど……。色っぽい由乃のイキ貌ばかり見せられて、もう、たまらないんだ！　多分、動かしたら長くは持たないけど……」

由乃のイキ発作が和らいだ頃合いを見計らい、大河はやるせない自らの状況を素直に打ち明けた。

「あん、ごめんなさい。はしたなく由乃ばかり……。あと、もう少しだけ……そんなに、待たせませんから……」

切なく呻くと、由乃はその荒い呼吸を整えるように、二度三度と深呼吸をした。

あれほど相手を慮る由乃が、すぐに「はい」といえないほど昇り詰めているのだろう。

大河に挿入を許した時点で、イキま×こを突かれる切なさを覚悟したはずが、律動がはじまる前にまたしてもイキ極めてしまったのだ。

この状態で動かされたらと、恐れおののいているはず。それでいて、必死に堪える大河の様子に、可哀そうとの想いがあるから、いまの由乃は精神的にも揺れているはずなのだ。

さらには、大河は最奥にまで埋め込んだままなので、肉勃起のごつごつした容《かたち》や熱で、物理的にも疼かされているはず。その証拠に、由乃は極めておずおずと蜂腰をもじつかせている。

「ねえ、もういいかなあ……。由乃の方が動かしちゃっているよね……。僕のち×ぽの容《かたち》を完全に覚えちゃいそうで、切ないのでしょう。すっかり馴染んでいるものね……」

「ああ、いやん。言っちゃだめです……。だって、もうすっかり大河くんのおち×ち

ん の容《かたち》を覚えちゃって……このままだと、二、三日は、ジンジンと……ずっと挿入《い》れたままみたいになってしまいそうで……。んっ、んふぅっ！」

由乃の切ない訴えを、途中で大河が唇によって塞いでしまった。

訴えかける由乃の破壊力抜群の大人可愛さに、我慢できなくなったのだ。

「だから、僕は動かしたいって……。由乃はどっちなの？　動かして欲しいの、動かしてほしくないの？」

一ミリでも動かせば暴発するのは必定なまでに追い込まれているのに、それをおくびにも出さず大河は、由乃に究極の二択を迫る。

窮した由乃は、いまにも泣き出しそうな顔で、「動かしてください」と、求めてくれた。

「でも、やさしく……。由乃が、すぐに恥をかかされたりしないように……イかせないように、やさしくしてください……」

怯えるような眼差しには、けれど、淫らな期待が含まれているようにも見える。

大河は、貫《つらぬ》いたまま再び唇をに吸い付き、甘い舌を絡め捕った。片手で乳房を揉み上げる。

「んっ、んっ、ダメです。大河くん……。由乃、来ちゃう、そんな風にされたら、由乃、また恥をかいちゃいます!!」

身悶えはじめた媚麗な肉体を、大河は結合部に指を這わせ、合わせ目でキリリと勃起した牝芯を転がした。

途端に、膣口と中ほど、そして膣奥が三段締めにむぎゅりと締まる。きつく食い締めながら、肉襞がそよぎ、蠕動《ぜんどう》を繰り返す。否、蠕動ではなく痙攣かもしれない。とにかく、大河の精液を搾り取ろうとするかのように肉壷がいい仕事をしている。

これならば、大河が律動する必要もない。

動かしているのは、由乃の淫らな肉孔なのだ。

「きゃううううううっ！　あぁ、いくぅっ！　イク、イク、イックぅぅぅ〜っ！」

ぶるぶるぶるっと媚尻がわななくと、先ほどよりもさらに深い絶頂が由乃の女体に訪れた。

刹那に、大河の堰《せき》も切れた。

由乃のアクメ痙攣が収まるのも待ちきれず、グイッと腰を動かした。

媚肉がイキ緩んだ隙をついての狼藉《ろうぜき》。

「ああん、ダメぇ、いま動かれたら、おかしくなるぅうううう！」

喘ぎむせぶ由乃に、しかし大河は容赦しなかった。否、正確には、する余裕がなかったのだ。

ぢゅっぽっと亀頭冠を巾着《きんちゃく》から引き抜くと、入り口付近で小刻みにも素早く擦りあげる。

かと思うと、ぐいっと奥まで刺し貫き、ずぼずぼと七浅三深の腰使いでスムーズに由乃を追い詰める。

「ぐうぉおおおっ。由乃ぉ、気持ちいいよぉ……。おま×こ、超気持ちいいっ！」

「だ、ダメですっ！　由乃もよすぎちゃう……。ああん、ダメになってしまいますぅ……っ！」

「ほら、Gスポット擦ってあげるね。おま×この上側に意識を集中して」

「あっ、はぁ、そこダメっ。そこも弱いところです……。痺れる…痺れちゃう……う、上側だめぇぇえええっ！」

切なげに女体をくねらせ、悶えまくる由乃。清楚な美貌がよがり崩れると、こんなにも淫らになるのかと目を見張るほど。

けれど、それでいて由乃の可憐さや可愛らしさは損なわれない。むしろ、その輝きを増すばかり。

惚れた欲目ばかりでなく、絶望的に由乃は美しいのだ。

「ぐわあああああっ。もうダメだ。射精《だ》すよ。由乃っ。愛してる……由乃、愛してるぅぅ……！」

ばちばちんと鼻先で火花が飛ぶほどの官能を大河は覚えた。これほどの愉悦に浸るのは、お互いが最高のＳＥＸパートナーであるからだと確信している。

その証拠に、牡牝はみっしりと隙間がないほど密着し、複雑なカギのように、凸凹がぴったりと合わさり、官能を司る性神経が直結して、互いを蕩かしあっている。かくも絶妙に肌があっているのだ。

その向こうには味わうのが怖ぃと思えるほど、凄まじい多幸感に満ちた高くて深い絶頂がそびえている。

「私もよ、ああ由乃も！　大河くんを愛しています……ああ、来る、また来るの……ねえ、キスしてください。キスしながら一緒にイッてぇえええええっ！」

絶頂に震える言葉は、はちみつよりも甘く、花よりも愛らしい。全力でおんなを咲き乱れさせている。

大河は、求められるまでもなく官能的な唇に、ぶちゅりと口づけをした。

それを機に、戒めていた吐精のトリガーを引く。

「由乃、由乃ぉ……」

唇を重ねたまま頭の中で、その愛しい名を叫びながら、ついに大河は射精した。

どぷっと尿道が膨れ上がり、勃起が断末魔にのたうつ。かろうじて亀頭先端で子宮口の窪みを捉え、その中に熱い子種をどくどくと流し込む。

「ああ、凄い量……。大河くんの子胤《こだね》が子宮にあたる音が響いています。どぴゅ、びゅびゅびゅぅって、熱いのを子宮に吹きかけられてる……」

膣内射精に注がれた精液を子宮が、ごくりごくりと呑み干す音を、骨伝導で大河も確かに聞いた。

由乃は牝の根源を白濁液に焼かれ、本能的に受胎を悦びむせぶ。凄まじい多幸感に包まれていることを、朱唇をわななかせて知らせてくれた。

「ふぅん、はうぅぅううううう〜〜っ……。ああ、イクの止まらないぃっ！」

凄まじい群発アクメに呑まれた由乃は、その白い喉を晒すように天を突き上げ、グイっと大きく背筋を撓《たわ》めた。

大河に貫かれたまま作る白いブリッジは、しばしそのまま留まったのち、どっと腰を落とし、その反動でようやく勃起が抜け落ちた。

全身を純ピンクに染め上げ、恍惚と蕩ける由乃。その意識がようやく鮮明になってくると、隣に横たわった大河の胸板に恥ずかしそうに顔を埋めてきた。

しあわせに充ち足りるとは、こういうことをいうのだろう。

性を謳歌し、ただ生きることを愉しむ。由乃が口にしていた、その意味をようやく大河は思い知った。

終章

ちゃぽんと跳ねる水しぶきが、心地よく大河をリラックスさせている。

穏やかな気持ちで由乃を貫いていられるのも温泉の効果だろうか。

あれから何度も互いに肉体を求めあった二人。

ルームサービスで運ばれた食事さえ、ベッドの中で慌ただしく済ませ、時間を惜しむようにまた女体を貪る。

お陰で、高級なディナーであるはずなのに、記憶に残ったのは、由乃からの口移しで食べたデザートのムースのみ。

彼女の唾液の甘さと上品なムースのくちどけが、蕩けるように美味かった。

そして、いまは湧き出す温泉の音が響くばかりの静かな露天風呂で、ぬるめの湯に浸かり肉棒で由乃を貫いている。

シミひとつない下半身や大きな双乳を大河の胸板に密着させ、その太ももに跨るように対面座位で交わっているのだ。

　この数時間のうちに、幾度も由乃の胎内に射精してきた大河だが、まだまだ元気と性欲に溢れている。けれど、さすがに冷静さは取り戻せているから、こうして穏やかに交わっていられるのだ。

　対する由乃も、すっかり満足した素振りながら大河が求めると、すぐにまたその性感を綻ばせ、奔放に受け入れてくれる。

「一緒にお風呂に入りたい！」との大河の提案にも、「誰かに見られたら……」と恥じらいながらも、素直に大河に従い、こうしてまた肌を合わせている。

　水を多めに流しぬるめに調節して、「お湯の中でなら……」と了承してくれたのだ。

　確かに、こうしてお湯の中であれば、誰かが入ってきたところでごまかしが効く。裸を見られる恐れはあっても、元々この温泉は更衣室が分かれているだけの混浴なのだ。

（やっぱり由乃、きれいだなあ……。それにすごくカワイイ……）

　肌が触れ合う超近距離からまじまじと由乃をみつめ、あらためて大河はそう思う。

　目の前の由乃は、目を閉じたまま半開きにさせた口から短い吐息を漏らしており、その甘い呼気が大河の鼻をくすぐっている。

ぬるめの湯とはいえ、入浴して紅潮した純ピンクの肌は、凄まじく悩ましい。お湯に濡れ、汗にも濡れているから、余計に艶めかしさを感じるのだろう。

「由乃……。チュチュっ……」

愛しさが募り、その唇を掠め取る。そのまま舌を伸ばして、頬を伝う汗を舐め啜る。塩気の強い甘味が口いっぱいに広がるのを、躊躇いなく飲み干すと、再び朱唇に重ねた。素直な由乃が目を瞑ったまま舌を出し、粘膜を絡ませてくる。

「んふぅ……ふもん……ぶちゅ……ちゅちゅちゅちゅちゅ……っ」

「あぁあん……うふぅ……くちゅちゅっ……あっ、はあぁぁ」

大河は舌を絡めながら右手で由乃の背筋を撫でていく。途端に、びくんと女体を反応させる由乃。あまりに大河に求められすぎて、肌という肌が敏感になったままでいるらしい。

「あ……あぁん……んふぅ……むふん……ふむむぅ……」

女体が蠢くのが愉しくてたまらない。掌の動きは、徐々に大胆さを増して、撫でる範囲を広げていく。

「くふぅっ、んっ、んん……っ。あはぁっ、あっ、あぁんっ！」

蜂腰を支えていた掌を上に運び、親指と人差し指で乳首を挟み、やさしくすり潰した。朱唇から離れた唇を思い切り首を捻じ曲げ、もう片方の乳首を咥え込む。

「あん。乳首をそんなにしないでください……。由乃はそこが感じやすいことを知っているくせにぃ……あっ、あぁん！」

「判っているよ。知っているからこうするんだ……。ちゅーちゅちゅー……。ほら、こうされると、由乃の清楚な乳首が、こんなにいやらしくそそり勃つ！」

楚々とした小ぶりの乳首が、一回り以上もぶりんと存在感を増してくるのを、なおも大河は追い打ちをかけるように、舌先でなぎ倒し、指先で弄ぶ。

「ああん。由乃の乳首、こんなに淫らになっている……。こんなにはしたない乳首、見たことありません……。あ、ああっ、こんなに敏感になったことも……」

清楚な美貌がよがり崩れると、これほどまでに切なくも淫靡に映るものかと、大河は内心で舌を巻いている。

この数時間のうちに大河は、心を結ばせた肉交が、これほどまでに性の悦びを倍加させることをあらためて思い知った。

「ねえ。由乃聞いて……。由乃が僕の子を孕んだら、必ずここに迎えに来るよ。いや、孕まなくとも僕は由乃をお嫁にする！」

激情に駆られ嫁乞をしているわけではない。本心から大河は、由乃を嫁に迎える決心を固めたのだ。

「本当ですか？　うれしい！」

素直に歓んでくれる由乃に、さらに大河は思いついた。

「あのさ、このホテルで働けないかなあ？　いきなり支配人とは言わないけど、ホテルだから男手が必要なこともあるでしょう？　男が接客に出るのがまずいなら裏方とかでも……。意外に器用だから修繕《しゅうぜん》とかもすぐに覚えると思うし……」

忘れえぬひと夏の経験が、大河を一回り大きな男にしたらしい。

何のこだわりもなく、あっさり何もかもを捨て、戸問村に永住することを決めてしまった。

気が付くと由乃はその瞼を見開き、大河の本心を確かめるようにじっと瞳の奥を覗いている。やがて、その瞳は妖しく光り、微笑んだ。

「んっ？」と小首を傾げる大河の唇に、由乃から近づいてくると、上下の唇に甘く大河の唇を挟まれた。

やさしく引っ張られ、ぱっと離されると、ぷるんと唇が弾ける。

余計なことを考えずに行為に集中してとでも言うのだろう。

うんと頷いた大河は、背中に回していた右手に力を込め、やわらかな肢体を自分の体に密着させた。

「あ、あんっ」

この素晴らしいおんなを二度と手放す気はない。

漣立つ胸をかきむしられるような思いに、腰の突き上げをグンとくれた。

「あんっ！　あっ、ああん……っ」

対面座位の結びつきは、律動を制約されなかなか思うに任せない。もどかしくなった大河は、由乃の双尻に手を回し、抱き上げるようにしてその場に立ち上がった。

「きゃぁ！」

駅弁状態で女陰を貫き、フライパンを返すような要領で、腰を揺すった。

軽い女体がふわりと持ち上がり、大きなお尻が重量で落ちてくる。抜けかけた肉柱がずぶんと由乃の奥深くを貫いた。

「あぁっ、あはぁ……ダメです。奥の奥まで擦れちゃうぅ……」

必死でむしゃぶりついてくる由乃に、大河は自分の胸板をぶつけ、押し潰れて大きく変化する豊かなふくらみの感触を愉しむ。

(由乃のおま×このなか……。まだろくに洗っていないから僕の精液でいっぱいなのだろうなぁ……)

膣内がグズグズなのは、そのせいだろう。まるで葛《くず》の中にでも漬け込んでいるみたいだ。

（ぬるぬるで熱くて、やわらかくって……。でも相変わらず三段締めが気持ちいい……っ！）

不安定な結合に、女淫までが大河にしがみつくような錯覚を覚える。

「あっ、あっ、あぁっ……。大河くん、怖いです！　おち×ちんが奥まで刺さりすぎて苦しいし、このままでは危ないわ……」

由乃の言う通り、さすがに露天風呂の湯船の床は、ぬるりと滑り、このままでは彼女を抱えたまま転んでしまいそうだ。

諦めた大河は勃起を引き抜き、そっと由乃の足を湯の中に着けさせると、素早く女体を裏返した。

「ねえ、今度はバックから……。由乃を色々な体位で貫きたいんだ！」

大人しく言いなりになる由乃を大河は後背位から貫くと、そのくびれに手をやりやさしく引き付けた。

立ちバックの体位で浅い律動を開始させる。

「本音はね、毎日、由乃とこうしてセックスしたいんだ。このおま×こを僕のち×ぽ専用にしたい！」

劣情が募るにつれ、本音が零れ、またぞろ話を蒸し返す。その心情をそのままに、くいっくいっと腰を使うと、由乃が白い裸身をいかにもたまらないといった風情でのたうたせた。

「こうして、ずっと由乃を犯したい。ずっとち×ぽを嵌《は》めたまま、この美しい肉体を味わっていたいんだ！」

熱烈に大河が求愛するたび、それがうれしいとばかりに膣肉が勃起をキュウキュウと締め付けてくる。

「ああん。ダメですぅ。何時間もセックスされたら由乃、絶対に堕ちちゃう……。ただでさえ大河くんのすごいおち×ちんを覚え込まされて切ないのに……。安心してください。由乃のおま×こは、もうすっかり大好きな大河くん専用です……。もう、それくらい判ってくださいぃ……っ！」

少し、むくれるような甘く詰る口調。それでも煮えたぎる肉欲に浸っている。ダメと首を振る割に、力強く腰を引き付けはじめた大河に合わせ、婀娜っぽい細腰をクナクナと揺らしている。

牡精を貪ろうと、膣が淫らな収縮で応じているのだ。

「本当に、いいのですか？　戻らなくても……。由乃の側に、ずっといてくれるのですか？」

前のめりになった女体を起こし、その美貌を大河のすぐ横に運び、首を曲げこちらの表情を窺っている。

開き気味の口腔から、綺麗な歯並びを覗かせている。わななく唇は、由乃の悦びを見せつけるよう。

「うん。いてあげる。ずっと、由乃の側に……。ここに居座ってでも……。これからは、由乃以外のおんなには目もくれない。約束するよ……。ずっと、由乃だけを愛してる」

なんとしても由乃に承諾させようと大河は、自らの腰も前後に揺さぶっていく。コチコチに硬くさせた肉棒で、由乃の内奥から湧き出した愛蜜と散々に大河が放出した精液をかき回し、互いの性感をどろどろに溶かすのだ。

「あふん。そんな約束しなくていいです。側にいてくれるだけで……。誰かほかの人のところへ行っても、ちゃんと由乃の隣に帰って来てくれるなら……。でも、本当に？　本当に由乃でいいのですか？　大河くんよりも年上ですよ……。それに、由乃はおんなの子しか産めないはずで……」

「いいよ。僕はおんなの子でも……。由乃に似たカワイイ赤ちゃん欲しい！　産んでくれるの？　僕と赤ちゃん、一緒に育てよう！」

昂ぶる大河にあわせ由乃もその性感を上げていく。二人は互いの顔を見つめあったまま、腰だけを激しく動かしていた。

「あぁ、んんっ……。うれしいです。それほど大河くんに望まれるの、すごく、うれしい……由乃はいつでも……ああん……好きなだけ……だから由乃にいっぱい射精《だ》してください……大河くんの赤ちゃんを由乃の子宮に……あっ、あぁんっ」

「本当だね。これからは好きなだけ由乃を犯していいんだね？　このおっぱいを揉みながら……おま×こを僕のち×ぽで突きまくるからね」

ついに獣欲を剥き出しにした大河は、背後から乳房を鷲摑みにする。指の間からひり出した乳首が真っ赤に充血して膨れ上がるのを唇に捉え甘噛みした。

「はううう……。お、おっぱいだけではありません。この唇も、太ももも、髪のひと房まで全て大河くんのモノです。全て大河くんのお好きにどうぞ……」

大河の子供を孕むと約束してくれた上に、いつでも交わらせてくれることまで誓ってくれる由乃。淫ら過ぎる約束は、彼女が性悦に酔っているからであろうか。

（なんだってかまわない。あんなに理知的な由乃が……。僕とのセックスに溺れてくれるのだから……）

凄まじいばかりの悦びと、男としての矜持《きょうじ》に包まれた大河は、あとはこのまま由乃を孕ませようと猛然と腰を繰り出した。

背後から何度も抜き挿しして、由乃の肉体を前後に揺さぶる。

肉棒が膣孔の中で白濁液を激しく掻きまわす。

「熱い……由乃のおま×こ、すごく熱くて、ぎゅっと締め付けてくる……」

「いやっ、恥ずかしぃ……。けど、熱いのは大河くんのおち×ちんも一緒……。熱くて、硬くて、太くて……由乃を夢中にさせてしまいます……あぁん〜〜っ！」

由乃の方からも媚尻を大きく蠢かせ円を描いていく。あたかも膣孔がシェーカーのように、肉棒を挿入したまま、激しく動き、亀頭や肉幹の至るところが、媚壁のあちこちに擦れまくる。

「あぁぁ、あん、あん、あぁぁっ！　そこ……いい、あぁぁぁん、あん、あぁあ！」

大河の右手は、やわらかくも弾力に満ちた乳房を荒々しく揉みこむ。時折、乳首をなぎ倒し、引っ張り、乳頭が埋まりこむほどにまで圧迫もしてやる。

「あはぁぁぁ。いいの……おっぱい気持ちいいっ！」

乳首を指先で摘《つま》み、由乃が堪えられる限界にまで乳首を引っ張り、ぷっと解放してやると、戻る反動で悩ましく乳房全体が揺れる。

「ひゃん！　そんなにされたら響いちゃいます！　ああ、おっぱいの切なさが子宮にまで届いて、またイクっ。大河くんの大きなおち×ちんで由乃、イッちゃううぅ～～っ！」

由乃から望まれるばかりでなく、本能の赴くままに大河は腰を揺さぶっている。

「ああ、本当は由乃寂しかったのです……。村の娘は、お嫁に行けないことを覚悟しているから……。あぁん、素敵……大河くぅん……もっと深くまできてくださいっ……大丈夫、大丈夫だから……由乃の奥をもっと突いてぇ！」

切なげに啼き叫び、由乃も淫らに蜂腰を振る。彼女が動くたび、敏感な粘膜に心地いい刺激が広がり、肉棒が熱くなった。

甘い快感に酔い痴れながら大河は、巨乳を双の掌で弄び、若さに任せた屈強な腰使いで清楚美女の恍惚を掘り起こしていく。

「ひうっ！　イキますっ！　由乃イクっ！　……あっ、あん、あぁぁ～～っ！」

子宮口にずんと重々しく鈴口をめり込ませる深突きに、由乃は身も世もなく牝イキした。

イキ極めながらも由乃は、傍らの大河の顔に腕を伸ばし、うっとりと撫でまわしてくれる。腰だけを激しく蠢かせている。自分だけがイキ極めた後ろめたさがあり、大河にも官能を与えようと頑張るのだ。

　その献身的な腰つきに、大河は目を閉じて繋がっている性器に集中する。

「ぐわあああ……。由乃のおま×こが、締め付けを強くしてる……うわあぁ、搾り取られるよぉ……」

「いやぁっ。恥ずかしいから言わないでください……。大河くんにも気持ちよくなって欲しいから……由乃のおま×こに満足して欲しいのです……だから……あ、あぁぁん！」

　怒涛の如く抜き挿しして、由乃の悲鳴をかすめ取り、なおもその乳房を手指で弄ぶ。由乃のどこもかしこもが、大河を興奮させ、悦ばせる装置と化し、凄まじいばかりの官能に押し流されていく。

「ああ由乃！　僕の精液をまた子宮に！　熱々の体液が、由乃の一番奥に出る！　スケべな精子が由乃の卵子と合体するんだ！」

「はい……。射精《だ》してください。大河くんの赤ちゃん、絶対に孕みますから……ぁあ……大河くん……好きよ……好き、好き……！」

　あれだけ清楚だった由乃は、大河の遺伝子を残したくてたまらない、一匹のメスになってしまった。

情感にわななく朱唇が、大河の同じ器官に熱く重ねられた。

「あぁ、射精《で》るよ……射精《で》るっ！　ぐわあああああっ、由乃ぉ〜っ！」

情熱的なキスにも促され、ついに大河は胤汁を噴出させた。

大河の妻となる悦びに膣肉が収斂《しゅうれん》を繰り返す。

まるで牡肉にすがりつくかのように、肉襞をひしと絡め白濁液を搾り取ろうとするのだ。

男の情欲を全身で受け止めた由乃は、背筋をぐいっと大河に押し付けるようにのけ反り絶頂を極めた。

その媚尻もぐいぐいとこちらに押し付けるように突き出してくる。より深いところで精を浴びようと牝本能がそうさせるのだろう。

お蔭で大河は凝結した精嚢《せいのう》をべったりと女陰に密着させ、根元まで逸物を呑み込ませて果てることができた。

「ぐふううぅっ。搾られている。由乃のおま×こに、ち×ぽを搾られている……あぁ、もっと搾って……僕の精液、全部搾って！」

種付けの本能に揺さぶられ大河は、由乃に乞い求める。大河のおねだりに従うよりも早く、受胎本能に捉われた牝が肉幹を蠱惑と官能をもって締め付けてくれる。

何度も吐精したとは思えない濃厚さで白濁液を吐き出すと、ぱっくりと開いた鈴口から直接子宮へと注ぎ込んだ。

「あはぁ、おま×こ溢れてしまいそう……。大河くんの精子で子宮がいっぱいに……。あぁっ、熱いのでイクッ。由乃、精子でイキますぅ〜〜っ！」

常識外れなまでに樹液を流し込まれた由乃は、文字通りその牡汁に溺れ、はしたなくもイキまくる。

太い肉幹がみっちりと牝孔を塞いでいるから、溢れかえった精液に行き場はない。自然、膣内で逆流し、子宮を溺れさせるのだ。

それでも大河が肉勃起を退かせようとしないから、白濁液が愛液と混じり、白い泡を吹きながら蜜口から漏れ出した。ぶびりと淫らがましい音をさせ、牡牝の粘液が攪《かく》拌《はん》された白い泡汁となり、つーっと由乃の白い太ももを伝わり、湯の中へと溶け込んだ。

由乃に種付けした大河は、訪れた賢者タイムに、ふいに村の名前である『戸問』の文字を思い浮かべた。

「ああ、戸問ってさ、ヘブンって読めないこともないよね。僕にとってここは天国なのかも……」

もしホテルで雇ってもらえなかったら仕事は、どうしようかと思うものの、すっかり大河は都会に魅力を感じていない。むしろ、自然相手に暮らした方がどれだけ人間らしいことかと。

「真面目な由乃には甘い考えと詰られそうだけど……。調子がよすぎるかもしれないけれど……。勤め先がなければ農家でも、漁師でもやるさ……」

「うふふ。陸の孤島を天国だなんて、大河くんはモノ好きですね……。でも、気づいていました？　ホテル恵田の〝恵田〟って、エデンとも読めるのですよ」

こちらに向き直った由乃が、うっとりとそう囁きながら大河の頭を抱き寄せてくれる。むぎゅりと胸板に乳房を押し付けられただけで、途端に賢者タイムが終わりを告げた。

辿り着いたエデンを追放されないようにするには、余計な知恵などないほうがいい。ただひたすら生きる歓びを感じてさえいればいいのだ！

またぞろ由乃が欲しくなり半勃ちしはじめた肉棹を立位のまま彼女の内またに擦りつける。互いの体液がヌルヌルの潤滑油となり、それだけでもさらなる勃起を促される。

由乃もその細腰をくねらせ、上付きの女陰を大河の上反りに擦りつけてくる。
途端に、発情を高める二匹の淫獣が、またしても互いを求めあう。そのまま二人の唇は重なり、激しくもやさしい口づけが何度も繰り返された。

（了）

※本作品はフィクションです。作品内に登場する
団体、人物、地域等は実在のものとは関係ありません。

全裸村《ぜんらむら》へようこそ

〈書き下ろし長編官能小説〉

2020年7月20日初版第一刷発行

著者……………………………………………北條拓人

デザイン………………………………………小林厚二

発行人…………………………………………後藤明信

発行所………………………………………株式会社竹書房

〒102-0072　東京都千代田区飯田橋2－7－3

電　話：03-3264-1576（代表）

03-3234-6301（編集）

竹書房ホームページ　http://www.takeshobo.co.jp

印刷所……………………………中央精版印刷株式会社

定価はカバーに表示してあります。

乱丁・落丁の場合は当社までお問い合わせください。

ISBN978-4-8019-2329-4 C0193